韩国儿童评委们的强力推荐

这是我一口气读下来的故事书。妙趣横生的推理再加上激烈的追击战,使我的心绪跟着故事的情节上下起伏。

——尚苑高中 一年级 金彩云

所有的疑问都像拼图游戏一样被一一破解。即使是第一次接触推理小说的人,也可以很容易看懂这本书。这是一本适合男女老少阅读的书。

——西江小学 五年级 金淑妍

这本推理和冒险小说太精彩了,简直比《福尔摩斯》还好看,无法相信书中的主人公竟是和我一样的小学生。

——大川小学 六年级 权瑜珍

原本以为这只是一本单纯的侦探小说,没想到里面的主人公和我们是同龄人,这让我感到很亲切。我从书中学到了"以后我想克服任何困难,都要先向自己提问题"的态度。

——龙凤小学 六年级 尹淑京

提二十个问题就能破解案件的二十问侦探,真是超出我们的预料。

——海云小学 六年级 全右林

在推理小说中引入了校园元素,使故事变得非常有趣。

——新堂小学 六年级 李智贤

个性突出的主人公和两个案件很好地结合在一起，读起来一点儿都不无聊。

——梅滩中学 一年级 金智贤

我认为用二十个问题破解案件的创意很有趣，期待接下来会发生更多的故事。

——城北小学 六年级 武淑彬

这本书很好地展现了主人公的特点，读起来一点儿也不困难。

——松北小学 六年级 李河云

案件快要破解的时候，我仿佛变成了故事中的主人公，心紧张得"怦怦"直跳。

——长青小学 六年级 全淑彬

这是一本很有吸引力的书，能够引起读者对故事情节的强烈好奇心。

——龙州小学 五年级 李华珍

这本书中描写了很多种心理：想得到玩具的纯真的儿童心理，想骗取朋友的钱的儿童心理，绑架孩子想要得到钱的大人的欲望心理。

——华堂小学 六年级 金右彬

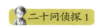

二十问侦探和魔术师

〔韩〕许教范 著　〔韩〕高尚美 绘　千太阳 译

天津出版传媒集团

天津人民美术出版社

目录

人物介绍

文阳

　　个子矮小、性格内向的小学五年级学生,兴趣是收集迷你战士模型。

二十问侦探

　　小学生侦探。只用二十个问题就能破解任何案件。

魔术师

　　擅长纸牌魔术的小学生魔术师。

明奎

文阳最好的朋友，学校里出了名的"消息通"。

多熙

五年级六班班长。

校长

学校里唯一知道二十问侦探秘密的人。

瘦猴儿哥哥

在"蝙蝠侠汉堡店"打工的大学生。

文阳的忧郁早晨

文阳的心情很忐忑。他盯着妈妈那擦了口红的嘴唇，期待她接下来能说点儿什么。妈妈的嘴唇开始微微抖动，文阳的心瞬间沉了下去——因为这说明妈妈有点儿烦了。文阳知道，接下来不会有什么好听的话了。

"不行，上次新出来的不是已经买了嘛。你知道那个有多贵吗？每次出来新的你都要买，这怎么行?!"

因为不耐烦，妈妈那打扮得漂漂亮亮的脸变得难看了。平时朋友们都说妈妈漂亮，可文阳认为，那是他们没见过妈妈的真面目。瞧，这就是妈妈的真面目，妈妈是那种随时都会发火的魔女大妈。

"你又不是小孩儿，都上小学五年级了，还买什么机器人玩具啊！"

"不是玩具，不是玩具，是做工精致的模型！"

"不就是那个叫什么'迷你战士'的动画片里的吗？那不就是玩具吗?！"

"那也……"

"妈妈要去上班了，回来再说。这是补习费，到了汉字补习班，把它交给老师。"

妈妈念叨着"上班要迟到了"，匆匆走出家门。文阳一个人留在家里，看着信封里的补习费，深深地叹了口气。

"这些钱可以买下全部的迷你战士系列呢！就连上次出来的'迷你战士黄金盔甲版'也能买到，统统都能买……"

"迷你战士黄金盔甲版"是迷

你战士系列的最新产品,文阳在市中心的大剧院里看到过它。一直跟随主人公的黄金龙变身为黄金盔甲,与主人公融为一体,主人公披上了一身金黄的颜色。新版的这款迷你战士比普通版的个头更大,价格也贵了两倍。就算是普通的迷你战士,文阳也是纠缠了妈妈好几天,妈妈才勉强答应买给他的。这次的"黄金盔甲版"这么贵,妈妈会给他买吗?

文阳看了看表,已经8点10分了。如果不想迟到,就得马上出发了。文阳坐在餐桌旁大口大口地嚼着妈妈给他准备的吐司面包,又把杯子里的果汁一饮而尽,突然觉得喉咙噎得难受。他气呼呼地想:妈妈这么无视迷你战士,还把它说成是玩具,干脆不去学校,也不去补习班，一整天都躺在床上装死算了。

"妈妈早上抹的那支口红的价钱，就足能买上5个迷你战士呢……"

文阳想归想，最终还是不得不去上学。出了家门，他一边走一边郁闷。上次妈妈在网上买口红的时候他就在旁边，妈妈想要什么就能买什么，偏偏对宝贝儿子这么抠门儿，为什么啊？文阳怎么也想不通。他甚至偷偷揣着个念头：要是能不交补习费，拿这些钱来买迷你战士该有多好啊！

正是盛夏时节，一大早阳光就火辣辣的。天空的蓝和树叶的绿相互映衬，真是一个美丽的早晨。上学的孩子们个个都精神饱满，像麻雀一样开心地蹦蹦跳跳。文阳却对这一切都感到厌烦。要是能遇见朋友，文阳准会向他们发一通牢骚，可今天不知怎么回事，平常上学路上经常碰到的那几个同学一个都没出现。文阳从路口拐了出来，走上了去"科学文具店"的那条岔路。

科学文具店的店主叔叔长得又高又帅，

还有一个上幼儿园的儿子。最重要的是,他和文阳一样,也是迷你战士的忠实粉丝!每次新的迷你战士一上市,他都会立刻买回来摆在店里。

有一天,文阳站在文具店外,透过玻璃窗欣赏迷你战士,店主叔叔看见了,就对他说:

"其实,叔叔也一直在收集迷你战士,可是阿姨很不喜欢,所以我只好在晚上趁阿姨睡觉的时候拿出来组装。你可千万不能对阿姨说啊,知道吗?"

后来两个人自然而然就成了好朋友。

今天只有阿姨在店里,文阳往里头看了半天也没见叔叔的影子。像往常一样,文阳不打算走到店里去,只是站在窗外透过玻璃望着里面的迷你战士。这是一个新版的迷你战士,金黄色的盔甲加上长长的弯刀,看上去霸气十足,威风凛凛。今天早上文阳缠着妈妈,想要妈妈给他买的就是这个。

"你在干什么呀,不去上学,又站在这里看迷你战士啊?"

阳光把明奎的身影拉得长长的，不知道什么时候已经伸到了文阳脚边。文阳看着他那大大的眼睛和圆圆的下巴，不知为什么，心情稍微平静了一些。无论再怎么生气，只要看到明奎他就发不起火来了，心情还会莫名其妙地好起来。

从一年级到四年级，明奎和文阳都是同班同学。到了五年级，虽然两个人被分到了不同的班，却依然是最好的朋友。

"我妈说不给我买新出的迷你战士，这让我的心情糟糕透了。"

其实文阳一看见明奎就不烦了，可他还是想发发牢骚，装作气呼呼的样子。

"呵呵呵，等你攒够了零花钱，自己买不就行了嘛！"

"可你也知道，我妈妈平时不给我零花钱。我都缠了她五天了，以前她是觉得烦才给我买的，看样子这次可不一定了。"

"嗯……那就等到中秋节再买吧，再过两个月就是中秋了。"

"我绝对等不到那个时候。要不我从现在开始就一直缠着她,不知道在中秋之前她会不会买给我……"

"说不定还没到那一天你妈妈就生气了。你妈妈不是挺厉害的嘛!"

文阳听明奎这么一说,比刚才更加郁闷了。

"是啊,一缠就是两个月,是太过分了,说不定只会挨骂。"

明奎爱莫能助地点点头。文阳耷拉着脑袋,一言不发地跟着明奎,两人一前一后朝学校走去。明奎想说点儿什么来安慰文阳,又不知道说什么好,只好默默地在前面走着。也许是因为没有像平常那样打打闹闹,不一会儿他们就来到了大门口。

明奎边上台阶边对文阳说:

"啊,对了,我下午要上数学课,你吃完午饭别忘了把我昨天借给你的数学练习册拿来啊。"

"嗯,知道了。我吃完饭去你教室找你。"

明奎快步跑向自己班级的教室。文阳不

经意地朝五年级二班的方向望去,那个班的同学围着教室后面的一张桌子在说着什么。

"他们围在那儿干吗呢?"

他想走上前去看个明白,可是肚子突然疼了起来,也许是早饭吃得太快了吧,他边想边揉着肚子。

和魔术师打赌

"明奎。"

文阳站在五年级二班门前叫明奎,手里拿着数学练习册。明奎看见他,立刻跑了出来。

"怎么站在外面啊? 进来给我不就行了嘛。"

"我进去的话老师又该骂你了。"

"啊,今天没事。老师今天没来学校,听说是亲戚去世了。别担心,进来吧。"

听了这话文阳大模大样地走进了二班的教室,心里说不出的兴奋。

文阳刚跨过门槛,就听见班里闹闹哄哄的声音。他四处张望,看见很多学生围着教室后面的一张桌子,和早上的情景一模一样,不过这回他发现,桌子旁坐着一个男学生。

　　文阳转过头看了看那个男学生:尖尖的脑袋,锋利的眼神,窄窄的肩膀,瘦瘦的身体看起来很单薄。最特别的是他那细长的手指,看上去就好像是童话里魔女的爪子一样。文阳不由得看了看自己那

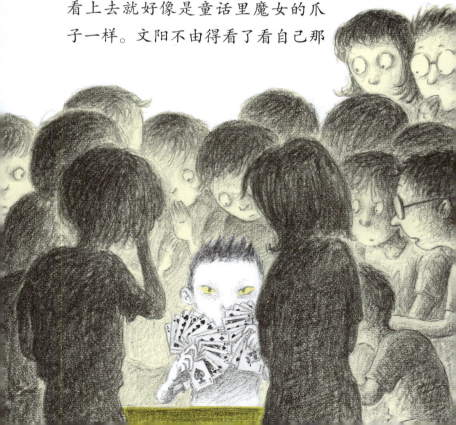

短短的手指,心想:那个家伙的手指是不是比我的多一节呢?

文阳一抬头,目光正好和那个男学生的撞在了一起。文阳赶忙扭过头,避开了他的视线。再回头看的时候,那个男学生手里拿着纸牌,正得意扬扬地笑着,露出了目空一切的表情。坐在他对面的矮个子男学生忽然双手抱着头跑出了教室。

"啊,这下完了,这星期的零花钱全没了!"

那喊声清清楚楚地传到了文阳的耳朵里。眼前发生的事勾起了他的好奇。

"那些人在干什么呀?"

"嗯,没什么,你别瞎操心。"

明奎想赶快把文阳的注意力转移到别处,可是文阳的视线早就落到那男学生手里的纸牌上了。

"你也赶快过来吧!"

文阳似乎感到那男学生正用眼神召唤着他。

明奎还没来得及劝他,文阳已经挤进了

那堆学生的中间，站在了一个可以看得清楚的地方。拿着牌的男学生正在飞快地洗着牌。文阳露出了惊叹的表情，目不转睛地看着他那娴熟的手法。明奎从后面跟过来，凑到文阳耳边小声说：

"他是魔术师。"

"什么？"

文阳反问道。

"大家都叫他魔术师。听说他的梦想是长大了当个魔术师。他会玩很多种魔术，最擅长纸牌魔术。这种纸牌魔术还有个名字，叫作 mani……manipulation。"

明奎含糊地说出了一个英文单词。

"魔术师……那他的真名叫什么啊？"

"这个，还是不知道的好。叫他真名他会不高兴的。我们班的同学基本上也不知道他的真名，当然，我除外。呵呵，你也叫他魔术师好了。"

文阳的脸上依然挂着不可思议的表情，目不转睛地看着魔术师用细长的手指把牌变换出各种花样。

魔术师显然在享受着这种目光，但是没过一会儿他就觉得有些无聊了。

"还有人想挑战吗？我要是输了的话，就还你们两倍的钱哦！"

周围的同学你看看我，我看看你，没有一个人站出来。

"到现在为止还没有人能赢魔术师，因为他会读心术，知道别人心里想的是什么。很神奇吧？所以他每次都能猜到别人抽的是哪张牌。"

明奎小声对文阳说。

魔术师看看周围的人，露出一脸不屑的表情。

"一个敢来的都没有？好吧，那我输了就还你们三倍的钱。"

他的话音刚落，一个挑战者站到了桌前。

是"足球小将"成柱。以前在班级的足球比赛中，司职后卫的文阳连一个球都没能从他脚下抢走，成柱是一名名副其实的传球高手。

成柱从口袋里掏出一张皱巴巴的一万元纸币放在了桌子上。魔术师看着那张纸币皱了皱眉头，成柱嘿嘿地笑着又把钱拿了起来，用手顺了顺，试着把它展平，然后又放回到了桌上。魔术师看起来有些无奈地耸了耸肩，接着从洗好的牌中拿出一小叠放到成柱眼前。从红桃 2 到红桃 10，这是九张牌，再加上一张红桃 A，一共是十张牌。

"这个红桃 A 叫作 1，所以从 1 到 10 的数字都有了。我洗牌后，你从中抽一张，然后我来猜你抽的是什么。步骤已经清楚了吧！"

成柱点了点头，魔术师用比刚才更娴熟的手法把牌混合，然后让牌背面朝上，呈扇形摊开在桌子上。现在所有的人都看不见牌正面的数字了。

"来，选一张。"

成柱没有立刻就选，而是把双手紧紧地放在胸前，闭上眼睛，像是在祈祷。然后，他睁开眼睛，但仍旧把两手放在胸前看着眼前的牌。在周围同学们的一片催促声中，成柱慢慢掀起其中一张牌的一角，在心里记下了牌上的数字。

文阳和周围的同学也都看见了那个数字，是3。魔术师把脸转过去，无所谓似的朝窗外看了一会儿。他是因为猜不出那张牌上的数字，还是为了等待会儿猜出来的时候得到更热烈的反应？这些文阳猜不出来。

周围的同学和成柱一样，心都悬着，等待着魔术师的答案。

突然，魔术师说：

"是3！"

围观的学生惊叫起来。成柱猛地站了起来，他踹开凳子走出了教室。

"我看到你心里想的是3！"

魔术师朝走出教室的成柱喊道。

一直在注意观察魔术师的文阳转过头来，对明奎说：

"一万块钱就这样没了啊？"

明奎点点头。

"这不是赌博嘛！如果老师知道了，不会罚他吗？"

"所以老师不来的时候他才敢这样做啊。别看了，咱们走吧。你不是不喜欢这些吗？"

明奎说完回头找文阳的时候，发现文阳已经不在身边了。他慌忙环顾四周，看见文阳已经走到魔术师的课桌前，正在把三张一万元的纸币放在桌子上。明奎赶紧跑到他身边，拉着他的胳膊问：

"文阳，你这是在干什么呀?! "

文阳不理会，对魔术师说：

"如果你输了，会给我三倍的钱，对吧！"

文阳的语气显得胸有成竹。他嘴唇紧闭，好像心里已经想好了什么。魔术师好像没有被这么多钱吓到，他不慌不忙地说：

"当然，可是如果我赢了，这些钱就是我的了，你可不要输了之后跑去告诉老师和家长让我还你钱！"

"当然不会。"文阳毫不含糊。

"一言为定。"魔术师神清气定。

这可把一旁的明奎急坏了，他赶忙问：

"文阳，你这到底是在干什么啊！"

"没事，别担心。他如果还我三倍的钱，我就可以把之前没钱买的迷你战士都买回来了，还会请你吃好吃的。"

"这么多钱是从哪儿来的？"

"汉字班补习费。"

明奎听了惊得蹦了起来：

"你疯了吗？钱要是都输了怎么办？"

"别急，我都想好了。"

文阳的脸上写满了自信，这可是很少见的。没想到平时总是那么内向的文阳，居然还有这样的一面，这让明奎感到吃惊。

魔术师好像根本没有听见他们两个的对话，镇定地开始洗牌了。他又像刚才一样把牌的背面朝上，像扇子一样展开，推到了文阳的面前。文阳慎重地从中选了一张，但是他没有翻过来看上面的数字，而是直接把牌扣在了桌子上。

文阳这种出乎意料的做法让所有的人都

吃了一惊,就连魔术师也露出不解的表情看着他。

"你为什么不翻过来?"

明奎问文阳。

"反正魔术师能猜到,等他猜到之后再翻开来看不是一样嘛,现在没有翻的必要。"

明奎猜不透文阳到底是怎么想的。

刚才成柱翻开牌来看的时候,他身后围观的同学也都看见了牌上的数字。其中一个胖胖的男生留心记下了数字,眉毛奇怪地动了几下。魔术师在朝窗外看之前和他交换了一下眼神。

"对,肯定是这样!"

文阳把这一切都看在眼里,认为自己已经识破了魔术师的把戏——他之所以知道那张牌上的数字,是因为收到了胖男生给他的信号。文阳不知不觉攥紧了口袋里装钱的信封,他感觉到信封被攥得沙沙作响。

"如果赢了,三万元就变成九万了,买迷你战士已经绰绰有余了!"文阳没有翻开牌来看,但是他仍然是那么自信。

"我不翻开牌来看,他就收不到信号,看他还能猜出什么。"

魔术师静静地看着牌,过了一会儿他说:"9。"

现在轮到文阳翻牌了。文阳自信满满地翻开了那张牌。围观的学生看到牌上的数字,发出了比刚才更大的惊呼声,文阳这才低下

头去看牌。视线刚落在牌上,文阳的脸立刻变红了。他呆呆地瞪着那张牌,两个拳头握得紧紧的,浑身瑟瑟发抖。

"哈哈!"

文阳扑哧笑了一下。虽然是在笑,可是笑容却僵在了脸上。明奎见状赶紧把他拉到了走廊里。

"我完了,这下怎么办?"

文阳呜咽着用手捂住了头。

我要给你介绍一个人

"明奎,我完了。要是妈妈知道了,我就死定了,怎么办啊?!"

文阳哭丧着脸说。明奎无奈地拍着他的背,安慰道:

"你刚才为什么要跟他打赌啊! 你平时不是最讨厌打赌的人吗?"

"是啊,可是不这样的话,就永远都买不到迷你战士了。我本来以为自己已经识破了他的把戏,一定可以赢的! 谁知道……"

"把戏? 你说什么把戏?"

明奎好奇地问文阳,他究竟看破了什么把戏。

"刚才我以为成柱后面的胖男孩儿和魔术师相互勾结,暗地里传递信号,我是不想让他看见才没翻牌的……可他究竟是怎么猜到的呢?"

明奎一脸无奈地苦笑了几声:

"哎呀,笨蛋!你以为就你一个人起疑心吗?以前也有人不让别人看牌上的数字,他把牌翻开,只有自己一个人看到了那个数字,可还是被魔术师猜出来了。别的同学也不是傻瓜啊!"

"那他是不是在牌上做了记号?"

"有的人从家里拿来牌让他猜,他还是能猜出来。"

"不管怎么说我现在是死定了!"

文阳说着用脚狠狠地踢在墙上,明奎从后面拉住了他。

"你要干吗啊!"

"我完蛋了!从哪里去弄这三万块钱啊!"

为了让挣扎的文阳冷静下来,明奎费了不少力气。

"先等等,办法也不是绝对没有。"明奎安慰他说。

"什么办法?"文阳赶忙问。

"现在看来,只能去向二十问侦探求助了。"

文阳从来没听说过这个名字。

"二十问侦探?二十问侦探是谁啊?"

"到走廊那边的六班去,到那里你就可以见到他了。"

"六班有侦探?"

"不是真的侦探,他跟我们一样,也是五年级的学生,一个月之前才转学过来的……"

明奎说到这里,暂时顿了顿。

平日里,文阳对明奎说的话总是一副漠不关心的样子,明奎虽然表面上装作不在意,心里却挺不是滋味。现在文阳却非常渴望知道明奎掌握的信息,他就像抓住了救命稻草,急等着听明奎说些什么。明奎看着文阳,心里有几分得意,接着说:

"这个新来的学生自己说，只要能回答他提出来的二十个问题，他就能侦破这个案件。所以他才叫二十问侦探。"

"你说的该不会是'二十问游戏'吧？他要是光问一些'是动物吗'这样的问题，然后我们回答'是'或'不是'，那怎么可能破案呢？"

文阳嘴里冷不丁冒出了这样的话。明奎看到他平时那股傻劲儿又回来了，不禁笑着说：

"哎呀，不是玩那种二十问的游戏，他提出的是与案件有关的二十个问题，听完回答以后，根据回答的信息破案。听说他真的这样成功破过案呢。"

"咱们学校竟然还有这样的学生？！那咱们赶紧去找他吧！"

"嗯，不过你可能会被吓到哦……"

明奎说着微微皱起了眉头，文阳并没注意到明奎这突如其来的怪表情。

"问二十个问题就能侦破案子？这么厉害的人我怎么一次都没听说过呀？"

听了文阳的话，明奎有点儿不自在地挠

了挠头，说：

"你是没有机会看见他，他转学过来之后，都没有来上过几次课。"

明奎是学校里出了名的"消息通"。不知为什么，他总是能知道学校里的很多小道消息——不仅是有关学生的情报，连老师之间的一些事情他都一清二楚。比如，还没有到学校，他就已经知道班主任今天不来学校了。

可是关于二十问侦探，明奎还是有很多没能掌握的信息。他所知道的只是二十问侦探经常旷课，并且来上课的那天肯定会去校长室。

他为什么要到校长室去呢？明奎想不清楚。

除非他能和二十问侦探一起去校长室，否则他很难弄出个究竟。

"你说……那个二十问侦探能把钱要回来吗？"

"嗯？什么？"

明奎只感觉到文阳的声音从耳边闪过。

"明奎，你在想什么呢？"

"啊，没什么。反正那家伙有点儿本事，你的钱肯定能要回来的。"

看着明奎心神不定的样子，文阳不禁怀疑地问：

"他真的能把钱要回来吗？"

"我们求他把魔术师的把戏揭穿，把钱要回来不就行了嘛。反正魔术师也不是用光明正大的手段赢的钱。"

"要是魔术师真的会读心术呢？那样的话就算二十问侦探再厉害，也拿他没办法呀！"

明奎觉察到文阳的心里已经萌生了对魔术师的恐惧和敬畏，因此他故意提高了嗓门笑着说：

"哎呀，平时你那么聪明，今天是怎么了？他要是真的有超能力，还在班里跟学生们赌钱干吗？换成我早就出去赚大钱了。他肯定在玩什么把戏。你别担心，都交给我，二十问侦探肯定会让他原形毕露的！"

文阳突然觉得明奎变得特别可靠了。

在文阳看来，明奎并不是什么全校有名

的"消息通"，只是他的好朋友。现在明奎推荐的这位二十问侦探，可是他唯一的希望了。他虽然没有说出口，可心里一直相信：只要是明奎推荐的人，就一定是可以信赖的。

下午的课文阳一个字都没听进去。和输掉妈妈给的三万元补习费相比，上课这件事简直不值一提。坐在教室里的文阳不住地摸着口袋里装钱的信封，担心它也会不翼而飞，摸得信封都皱了。

"早知道这样，就应该把钱放在书包里。我是怕弄丢了才装在口袋里的，结果最后输给了魔术师。"

竟然为了迷你战士去和别人打赌，还输了钱，文阳越想越觉得自己很傻。他很想哭，又不得不忍住眼泪。

第六节课下课后，刚到打扫卫生的时间明奎就来了。文阳还没来得及和他打招呼，就被他拽着胳膊往六班走去。

"看，就是他！"

第一问

我为什么一定要帮你们呢？

　　顺着明奎手指的方向，文阳与那个人四目相对，差点儿叫出声来。

　　"我们学校竟然会有这样的人，而且和我一样，都是五年级？这怎么可能?!"

　　这个二十问侦探的头发看起来软软的，梳得整整齐齐，帅气地偏在一边。那样子像是模仿时髦大人的发型。他没有穿孩子们经常穿的短袖衬衫，而是身着长袖衬衫，外面还加了一件马甲。裤子看起来也是只有大人们才穿的西裤，被熨得平平整整，看不到一点儿

褶皱。裤脚下面冒出来的是尖尖的黑皮鞋。

二十问侦探神气地把手臂交叉在胸前，靠在教室后面的物品箱上，俨然一副监督打扫的老师的样子。

虽然他脸上还有着小学生的稚气，表情却像大人一样沉着、冷静，光个子就比文阳高出一头。如果在学校外面看见他，文阳说不定会以为他是个子矮了点儿的高中生呢。

明奎看见文阳犹豫的表情，在他背上推了一把，自己也跟着走进了教室。

"喂，二十问侦探！"

二十问侦探慢慢地转过头来，他看见了明奎，也看见了旁边有些紧张的文阳。他看他们两人时的表情，就像大人一样从容。

"这不是明奎嘛，来我们班干吗？"

明奎说他认识二十问侦探的时候，文阳以为他只是听说过这个人。现在看来，二十问侦探和明奎好像挺熟的。

"我有个委托人介绍给你。"

"委托人？"

"嗯，我最好的朋友，叫文阳。"

二十问侦探冲文阳点了点头。文阳本打算也像他那样点下头，可是太紧张了，反而把头低了下去。

看到文阳现在这个样子，明奎显然吓了一跳，禁不住往后退了一步。二十问侦探微微张了张嘴，露出了对明奎的表现"无法理解"的表情。明奎回过神来，向二十问侦探说明了来意。

"你听说过魔术师吧？文阳在魔术师那儿输掉了钱，你能不能帮忙把他的钱要回来……"

明奎的话还没说完，二十问侦探就回答道：

"我为什么一定要帮你们呢?"

文阳一听这句话差点儿要哭出来了,好不容易才忍住自己的冲动。

"如果他接手这个案子,那么这就是他的第一个问题了。"

在前面扫地的多熙冷不丁地说了一句。

第二问

你说他会读心术?

"喂,不是说侦探接受了委托就会无条件帮忙的吗?"

明奎站到了文阳的前面,替他的好朋友追问道。而文阳呢,已经不知不觉地躲到明奎宽大的肩膀后面去了。

"那是在收了委托费的时候。"

"委托费? 那要多少?"

"嗯……差不多十万吧。"二十问侦探不紧不慢地说。

"什么? 十万! 这也太不像话了吧,小学生哪儿能付得起那么多钱？"这时候连明奎都傻了。

"如果心疼十万块钱，那那么简单的事儿就没必要让我帮忙了。你们自己解决吧。"

二十问侦探神气十足地说。

文阳虽然很讨厌他那副傲慢的样子，却没有勇气与他争辩。确切地说，文阳不仅在气势上输给了二十问侦探，而且因为挑战魔术师，他也已经把自己攒了一整年的勇气都给输光了。

"我们只想拜托你要回输给魔术师的三万元钱。如果要给十万块委托费，就算事情解决了，我们反而会赔进去七万。事情反而更大了，不是吗？"

明奎争辩道。

"丢了十万，再攒十万就行了啊，你们自己看着办吧。"二十问侦探说得挺轻松。

明奎终于忍不住要发火，正想再次上前争辩，文阳把他劝住了——本来所有的事情都是因他而起，和明奎并没什么关系。

"明奎，既然不行咱们走吧，大扫除的时间都要过了。"

"不行，不能就这么回去。就这样回去的话，你打算怎么办，怎么要回补习费啊。"

听了这话文阳又泄气了，他一下松开了拉着明奎的手。明奎看着垂头丧气的文阳，向二十问侦探建议道："二十问侦探，你看这样行不行……"

二十问侦探一副爱答不理的样子，明奎并没有示弱，在等着他的回答。

"好啊，你说说看。"

二十问侦探好像很不情愿地在等着听明奎的话。

"不给钱，给别的东西可以吗？"

二十问侦探对明奎的这句话很感兴趣，不过他依然装作满不在乎的样子，极力控制着自己的表情。所以在文阳和明奎看来，二十问侦探依然好像心不在焉。

"如果你能解决这件事，以后我就做你的情报员，为你搜集案子。据我所知，你除了转学来的那天破了个案子，之后就一件案子都没破过吧。"

二十问侦探的脸上露出了一丝慌张的神色。

"不，那是，那是……最近没有什么案子，不过……"

能让如此成熟的二十问侦探下不来台，文阳觉得明奎真了不起。接着，明奎向吞吞吐吐的二十问侦探说道：

"你大概不知道，那是因为你看起来太特别了，同学们都不敢和你搭话。所以不会把案子拜托给你。如果你这次肯帮忙的话，我每个月至少帮你搜集一个案子！"

啊，多诱人的条件！

"明奎，和他那样约定行吗？你打算怎么帮他搜集案子？"

文阳站出来劝明奎。

二十问侦探想了一会儿，然后说：

"好吧，成交。那你就说说吧，那三万块钱是怎么输的？"

二十问侦探问文阳。文阳现在还有点儿怕二十问侦探，他低着头，说话的声音小得像蚊子叫。

"被魔术师赢走了。"

"这么说可不行，我听不明白，你得说得仔细点儿。"

"嗯……我和魔术师打赌来着，结果我输了，就把三万元输给他了。"

"哦，是这样。刚才明奎还问我听说过魔术师没有，听起来好像是个很有名的家伙，不过我没必要非得认识他。"

这时候明奎插了一句话：

"我们班有一个被称为魔术师的家伙，他经常和同学们打赌，猜扑克牌上的数字，而且每次都是他赢。文阳就是因为今天中午和他打赌，把三万块输给他了。"

文阳接着明奎的话，用绝望的口气说道：

"没法子，因为魔术师会读心术。"

二十问侦探露出不屑的表情——看到文阳对魔术师那敬畏的样子，他气不打一处来。

"你说他会读心术？不可能，魔术师玩的魔术都是骗人的把戏！根本就没有人会什么'读心术'！"

二十问侦探大声叫唤着，还用力卷起了衬衫的袖子。这时，不仅是明奎和文阳，就连班里正在打扫卫生的同学都瞪大了眼睛看着二十问侦探。

教室里的时间好像停止了，没有一个人动弹，没有一个人吭声。二十问侦探好像回过神来了，为自己的失态感到不自在，他把手放在嘴边干咳了两下。过了一会儿，除了明奎和文阳，其他同学又都做起卫生来了。

二十问侦探的口气温和了许多，说：

"你们应该早点儿说呀。如果你们一开始就说被能读心的骗子骗了，我二话不说就会帮你们，因为我最见不得这种人。"

文阳看出二十问侦探不像刚才那么严肃

了,就鼓起勇气在明奎背后说:

"如果你接受这个案子的话……刚才的那个就算你问的第二个问题?"

听了这话,二十问侦探和明奎都用木然的表情看着文阳。

第三问

为什么要和他打赌?

已经放学了。文阳、明奎和二十问侦探约定：明天午饭的时候到二班教室去揭穿魔术师的骗术。本来由于老师看得严，魔术师不能天天都和同学们打赌，但据明奎得到的消息，明天老师仍然不会来学校。文阳很好奇：明奎的这些消息都是从哪儿打听来的?但是他能感觉得到，明奎不愿意告诉他。

二十问侦探最后说：

"明天，我要先看看魔术师是怎么打赌的，这样就能知道他玩儿的是什么把戏了。"

“大侦探，你到底什么时候扫地呀！”

刚才一直在一旁扫地的多熙催促说。她是六班的班长。

今年第一次当班长的多熙留着漂亮的卷发。不管见了谁，她都会坦率地说出自己的想法；有感兴趣的事情，她也总是喜欢想尽一切办法打听；她还是个好奇心很重、心思细密的女孩儿。虽然她不比其他同学的个子高，也不比别人的力气大，奇怪的是，六班的男生都有点儿怕她。就连六班最特殊的二十问侦探在她面前都不敢轻举妄动。

但是今天，二十问侦探没有像往常一样乖乖地听她的话。大概是因为想在委托人面前装得了不起一点儿，不愿让他们看见自己“服软”的一面。

“比起扫地来，我更愿意站在一旁观看。”

说着，他指着自己的衣服。

“再说，穿着这样的衣服没法儿扫地，会把衣服弄脏的。”

多熙发火了，把扫帚“哗”地举到二十问

侦探的鼻子前。扫帚和侦探的鼻子之间只有一只蝉能飞过的空隙。

"那你穿别的衣服不就行了！"

"我就只有这一件衣服。再说，为什么扫地就非得穿其他衣服？"

多熙的扫帚马上就要扫到二十问侦探的鼻子上了。

"哈哈，我们先走了，明天再来找你，侦探。"

明奎说着拉着文阳的手走出了六班教室，刚走到走廊，背后就传来了呼喊声。二十问侦探走出教室跟了上来。

二十问侦探大步流星地来到他们俩面前，文阳小心翼翼地问：

"你不会是因为不想扫地逃出来的吧？"

"怎……怎么可能！"

明明就是怕被多熙骂才赶紧逃出来的二十问侦探，这时候还在理直气壮地辩解着。

"还有一件事我必须要知道。"二十问侦探用大人一样严肃的表情看着文阳说，"我看你也不像是会轻易和别人打赌的人，所以想知道你为什么要和他打赌？"

"因……因为赢了的话，我可以买我想要的东西……"文阳结结巴巴地说。

"什么东西？"

"迷你战士。"

文阳说话的声音细得像蚊子叫。

"为了买迷你战士输掉三万块，别人要是知道了，还以为你要买的是黄金盔甲版的呢！"

二十问侦探嘲笑着说。听了这话，文阳和明奎都愣住了。

"二十问侦探该不会也在收集这个吧？"文阳问。

"我才不会收集那种幼稚的玩具，根本不可能。"

"那你怎么知道黄金盔甲版的迷你战士呢？是看了剧场版吗？"文阳追着问。

"那什么……我得赶紧回去帮班长扫地了。"

二十问侦探没有回答文阳的问题，慌忙朝教室走去。

"他明明是在收集还不肯承认！"

文阳说完，明奎也肯定地点了点头：

"嗯，他肯定是在收集，我敢和你打赌！"

"不，我可不想再打赌了。"

文阳慢慢地摇着头，无力地说。

"那家伙，表面上装得跟大人一样，背地里也在收集这些东西。"

"是啊，虽然看起来像大人，事实上他和我们一样，也是小学生啊！"

听了对方的话，两人不约而同地点点头。

"文阳，你放学回家吗？"

"不，我还得去汉字补习班呢。"

文阳忽然想起一件事。

在补习费要回来之前，他还不能去补习班。如果去了，回家就得骗妈妈说补习费已经交了，可是文阳没有在妈妈面前说谎的勇气，更害怕他的谎话会被揭穿。

"早上吃的面包可能没有消化，我的肚子有点儿疼。还有，下午上课的时候头也开始疼了。今天回家就说肚子不舒服，没有去补习班……反正我是真的不舒服，又没有说谎！唉，不过后天还得去补习班……明天二十问侦探应该能帮我要回那些钱了吧？"

明奎点点头，接着文阳的话说：

"刚才二十问侦探问了三个问题。现在还剩十七个问题。他真的只用二十个问题就可以帮你要回钱吗？"

说实话，文阳也和他一样有点儿怀疑。

第四问

你要我和你打赌?

第二天中午,没等文阳和明奎去叫,二十问侦探就自己到二班的门口来了。他出现的时候,刚好二班门前出现了一个很有意思的场景。

六班和二班距离很远,二十问侦探虽然已经转学一个月了,可没来过学校几次,很多学生都没有见过他。这会儿看见他,大家还以为他是老师,赶忙过来准备问好,当他们发现二十问侦探不是大人时,都吃了一惊,三三两两地站在原地打量着他。二十问侦探对这一切不以为然，他只对着文阳和明奎优雅地举了一下左手，算是打招呼了。无论怎么看，他的确也不像一个小学生。

二班教室里，魔术师桌旁早已挤满了来看热闹的同学。魔术师打赌的消息在学校不胫而走，其他班自信可以赢的学生也纷纷赶了过来，教室里的气氛比昨天更热烈了。连一些女同学也站在旁边围观。教室里顿时热闹得像菜市场一样，乱哄哄的。

一些讨厌打赌的同学虽然对魔术师的行为很反感，但看到这情景也想看看热闹，没有一个人跑去向老师告状。

"不管怎么说，让我们先看看吧。"

二十问侦探说完就挤进围观的学生中间，文阳和明奎也跟着挤了进去。在文阳看来，二十问侦探的表情显得比昨天更加沉着、冷静，不禁对他肃然起敬，这种尊敬和他对魔术师的恐惧完全不同。

"啊，完了！"

隔壁班的一个男生输了两万块，正双手

抱头大叫着往教室外面跑。文阳看着他想起了昨天的自己，不知不觉握紧了拳头，脸也涨得通红。一想到昨天自己出洋相的样子，他就一秒也不想在这个教室里多待下去了。

在二十问侦探站在一旁观看的那段时间里，又有两三个学生挑战失败跑了出去。文阳一直没有看其他学生，只是留心观察着魔术师。他发现了一个奇怪的现象：魔术师根本不关心对方选了什么牌，甚至看对方的眼神也是漠然的。他并没有像文阳猜测的那样，在和谁传递信号。

"还有要挑战的吗？"

围观的学生你看看我、我看看你，没有一个人站出来了。原本自信满满地前来挑战，结果都无一例外地输了。魔术师赢的那一大叠钱，让大家没有勇气再和他赌下去了。

"你不想赌一下吗？"

魔术师看着二十问侦探问道。

是自己的衣服太显眼了，还是魔术师注意到自己一直盯着他看？二十问侦探意识到

57

他是在和自己打招呼。

"你要我和你打赌？"

"说对了，就是你。不过你至少得赌一万以上。"

魔术师对其他同学可从没提过这样的条件。文阳正准备上前去和他争辩，明奎拉住他，小声说：

"先别慌，看看二十问侦探会怎么处理。"

二十问侦探微笑着点头，说：

"好，既然你这么说……"

二十问侦探像是已经看穿了魔术师的把戏。

站在后面的文阳和明奎互相交换着眼神。

一想到待会儿魔术师就会败下阵来，露出一脸失落的表情，双手奉上之前赢去的三万块钱，文阳的心里就澎湃起来。

二十问侦探掏出了一个黑色皮钱包——样式是大人们经常用的那种。他从里面抽出一张一万元的纸币放在桌子上，然后稍微往后退了退，静静地等待着魔术师的表演。

文阳和明奎屏气凝神，等着看二十问侦探会用哪种方式来解决这个魔术师。

魔术师用比平时更加熟练的手法洗着牌。文阳感觉到他有一点儿紧张，但又很快认为，这很可能是自己的错觉。魔术师洗完牌，照例将牌摊成扇子形，推到二十问侦探面前，纸牌的背面朝上，大家看不见数字。

二十问侦探神情自若地从中抽了一张牌，而且像文阳一样没有翻过来看。

魔术师有点儿犹豫了。以前他也曾经装着犹犹豫豫、故意不说出数字的样子，不过这一次看起来他是真的遇到困难了。

"是……是7。"

魔术师长出了一口气，吃力地说，然后轻轻地摇了摇头。二十问侦探"哼"地笑了一下。

"赢了，二十问侦探识破他的把戏了！"

文阳在心里大声喊道。

但是二十问侦探并没有把牌翻过来，而是把牌背面朝上放在了桌子上。

"这上面的数字肯定会是7。"

二十问侦探还是没有把牌翻开,嘴里说着一些莫名其妙的话。

"是不是7,得等翻开了才能知道。"

魔术师没好气地说,二十问侦探"扑哧"一声笑了出来。

"就算不翻开也能知道!"

二十问侦探说完,慢慢走出了教室。围观的学生不约而同地为他让开了一条路。二十问侦探刚一走出教室,他们就嚷嚷开了。

"明奎,这到底是怎么回事啊?"

"我也不知道。"文阳莫名其妙地回答。

他们俩很想跟着二十问侦探走出教室,可是在没有确定纸牌上的数字之前,谁也不愿挪步。魔术师眉头紧皱着一直盯着那张牌,却没有要翻开的意思。

一个男生终于忍不住了,他快步走上前翻开了那张牌。

"是7,真的是7!"

文阳也清清楚楚地看到了那张印着七颗红心和数字7的牌。两人赶紧跑向走廊，朝二十问侦探的背影追去。

"二十问侦探，刚才是怎么回事呀？"

听见了文阳的话，二十问侦探并没有回头，用依然沉着冷静的声音回答道：

"我能说的只有一点。魔术师没有玩儿什么把戏。"

文阳听见他的回答，惊讶地张大了嘴。

"那他是怎么猜出牌上的数字来的啊？"文阳问。

"这个嘛，我也不知道。"

二十问侦探说完缓缓地转过身，脸上带着为难的表情。无论什么时候都自信满满的二十问侦探这会儿显得有点儿狼狈，文阳和明奎被他这副模样吓了一跳。

二十问侦探终究和他们一样，也是平凡的小学生而已。文阳不好意思对他发火，可又不甘心就这样让他走掉，于是接着问：

"会不会是他在牌上做了什么标记？"

二十问侦探摇摇头说：

"不是，他要是做标记我会发现的，并且在我之前，肯定会被别人发现的。"

明奎听了点着头补充说：

"之前也有很多同学带着自己的牌来和他赌，魔术师还是每次都能猜中，所以应该不是做了标记。"

"嗯，没那么简单。"

二十问侦探表示认可。文阳不死心，小心翼翼地问：

"他是不是真会读心术啊？"

听了这话，二十问侦探把脸朝向文阳。文阳以为他要发火了，怯懦地看着他。没想到二十问侦探的嘴角扬起了一丝微笑。

"文阳，抱歉，我还是不相信有人会什么读心术，但被你这么一说，我觉得魔术师肯定在使用一种非常巧妙的把戏，巧妙到别人都以为他会读心术。"

二十问侦探说完，装出一副活力满满的样子，喊道：

"情报员！"

"嗯？什么事儿？"

明奎还沉浸在刚才的情景里，让二十问侦探这么一叫，赶忙稀里糊涂地回了一句。

第五问

明天呢?

"明天呢? 明天你们班主任来吗?"

二十问侦探问明奎。

"不来,他一连请了三天假,刚好到明天。"

明奎已经知道班主任什么时候来学校了。

"这么说,明天中午他还会在那里。"

二十问侦探自言自语地说着,明奎听了连忙说:

"魔术师是绝不会错过这样的好机会的。班主任在的时候,他一个星期也难赌一次。要是被抓到可就麻烦了。"

二十问侦探点点头,然后看着文阳和明奎说:

"那我明天就再去一次,看看他究竟玩儿的是什么把戏。"

"明天我就得去汉字补习班了……"

文阳小声说。

"我知道,明天揭穿他的把戏,一定帮你把钱要回来。"

文阳用力地点了点头。说实话,比起把钱要回来,他现在更关心的是二十问侦探怎么揭穿魔术师的把戏。当然,如果钱要不回来,妈妈一定会骂他的。但是现在文阳已经不再想要回钱,而是从心底里开始为二十问侦探加油,希望他能破案。

这是为什么呢?

是不是因为起初二十问侦探不太近人情,现在他却开始全心全意帮助文阳了呢?

但是不管怎么说,今天的挑战是以失败告终的,这不得不让三个人都有点儿沮丧。

"抱歉。"

二十问侦探好像还想说些什么，却只留下了这句话，然后就回自己的教室去了。文阳想说声"没关系"却没来得及，他已经走远了。

"已经用了五个问题，还有十五个呢，应该没问题。不过二十问侦探和刚开始的时候相比好像变了一些。"

明奎看着二十问侦探的背影说。

第六问

你有没有亲眼看到过魔术师挑了哪些牌?

　　文阳吃完晚饭就钻进了自己的房间,妈妈来敲门的时候,他正在苦苦思索魔术师玩儿的把戏。

　　"文阳。"

　　"嗯?"

　　文阳"腾"地从床上坐了起来。自从输掉了补习费,每次和妈妈说话的时候他都忐忑不安。

　　昨天妈妈刚下班,他就对妈妈说"今天肚子不舒服就没去补习班"。幸亏妈妈没有问起补习费的事,也没有表现出一丝怀疑。但是文阳总感觉自己心里好像堵着一块大石头,压得他喘不过气。

妈妈看着皱着眉头的文阳,露出奇怪的表情。

"你同学打电话来了。"

"同学?"

"嗯,叫二十问侦探……他说把名字告诉你,你就知道是谁了。儿子,你在学校是不是遇到什么事儿了?"

"没有……他是我同学,那名字只是个绰号。"

"哦,知道了,快去接电话吧。"

妈妈看了看文阳,把电话递给了他。

文阳是个听话的孩子,从来没有招惹过什么是非。尽管文阳的表情有点儿慌张,打来电话的二十问侦探的名字也显得神秘兮兮的,妈妈还是没怎么起疑心。

"喂?"

"是我。"

二十问侦探那大人似的声音从电话里传了过来。

　　"你跟我妈妈说你叫'二十问侦探'了？"

　　"嗯。"

　　"妈妈都怀疑了。你应该告诉她你的真名的。"

　　"我从来不用真名。我跟谁都说我叫二十问侦探。"

　　"好吧。"

文阳用手摸摸额头,心想:哎哟,最近遇见的怪人可真不少啊。要说学校里最奇怪的学生,也就数魔术师和二十问侦探了,昨天,文阳一下子和他们俩都认识了。

"有什么事儿吗? 对了,你是怎么知道我家的电话号码的呢?"

"我有点儿事儿要问问你们,打电话给明奎,他不在家,我就向明奎的妈妈要了你家的电话号码。"

文阳和明奎之前同班很久,所以两人的妈妈彼此也很熟悉。

但是这么晚,明奎出去干什么了呢?

文阳想,但是眼前他还是得先回答二十问侦探的问题。

"什么事儿? 问我也可以吗?"

"嗯,要是知道你的电话号码我就先给你打了。"

文阳听了这话,竟莫名地高兴起来。

"你要问什么呢?"

"也不是什么大事儿。魔术师在洗牌之

前,他不是会先挑一些牌出来吗,**你有没有亲眼看到过魔术师挑了哪些牌?**"

"没有,一次也没看见过。"

"是吗……"

听上去二十问侦探有点儿失望。文阳非常希望自己能帮上点儿什么忙,他努力地在脑海中搜寻着可能有用的信息。忽然,明奎说过的一句话在耳边响起。

"估计不是事先挑的牌,听说他每次从他带的一副牌中抽出十张来跟别人打赌。"

"这么说他是从自己的牌里抽牌了?"

"也不一定就用他自己的牌,你也知道,有的同学怕他耍把戏,就用从自己家里带来的牌和他打赌。"

"是吗?"

"等一下,这个'是吗'也是二十个问题中的一个吗?"

"喂,这只是在迎合你的话好吧?"

看到二十问侦探对这种小事儿还要闹别扭,文阳不知道为什么心里美滋滋的。因为二十问侦探这种小孩子般的认真劲儿,使他觉得他们更亲近了。

　　"不过每次都是魔术师自己洗牌,因为别的同学洗不好,魔术师应该也会担心其他同学在自己带来的牌里做手脚,所以一边洗一边确认。我在旁边看的时候,他每次都是一样的动作。先抽十张牌给对方看,然后自己洗,接着背面朝上放在桌上让对方选,最后他猜数字。"

第七问

他每次都是那样吗?

"等等!"

听到这里,二十问侦探急忙打断文阳的话。

"嗯?怎么了?"文阳问。

"抽十张给别人看,然后洗牌,再让别人选一张……**他每次都是那样吗?**"

"嗯,你今天不也看到了嘛,他每次都是一样的动作。"

"哦,他原来是这个意思。"

电话那头,二十问侦探在用别人听不懂的话自言自语着。

"嗯？怎么了？你知道他的秘密了吗？"

"没有，今天我跟一个比我更厉害的侦探聊起了魔术师。"

"侦探？是真的'侦探'吗？"

"嗯，那个侦探听完我们的事给了我一个提示，他说世界上有一些事，只有魔术师才可以做到。我现在好像明白他的话是什么意思了。"

"只有魔术师才可以做到？"

文阳急忙好奇地追问道。

"明天见了面再跟你细说。依我看，明天就可以把你的钱要回来了。"

文阳还想说些什么，但二十问侦探已经把电话挂了。不过，文阳一点儿也没觉得不高兴。

那个只有魔术师才可以做到的事情……到底会是什么呢？

文阳在睡着之前一直想着这个问题，却什么都没想明白。但是他相信，二十问侦探很快就会为他们揭开所有的谜团了。

今天咱们两个比猜牌怎么样?

文阳一直思考到深夜才渐渐睡去。一大早,他揉着惺忪的睡眼,高高兴兴地去上学了,照在脸上的阳光仿佛也格外温暖。

"今天二十问侦探肯定会破解魔术师的把戏的!"

文阳这样想着,一口气跑到了学校。可能是因为跑得太快了,也可能是对今天中午即将发生的事儿太过期待,他的心"怦怦"地跳着。

对文阳来说,今天上午的课简直乏味得

要命,就连他自己最喜欢的科目,他也没有心思听,只盼望中午能快点儿到来。

终于到中午了,文阳狼吞虎咽地吃好午饭,急切地等着二十问侦探和明奎来找他。等了好一会儿才看见他们的身影,文阳赶忙跑上前去。

"我们走吧。"二十问侦探镇静地说。

文阳和明奎都觉得这样的二十问侦探似乎更加可靠了,可是仔细观察,却发现他的表情有些僵硬——好像是在故作镇定,内心却并不平静。

走进二班的教室,和昨天一样,魔术师的桌前围满了人。魔术师正从书包里拿出牌,飞快地洗着。二十问侦探一进教室就径直朝魔术师的桌子走去。魔术师停止了洗牌,抬头看着二十问侦探。

"听说你叫二十问侦探,看上去还挺了不起? 呵呵,了不起有什么用,碰上我这个会读心术的魔术师,还不是一样没辙。怎么,今天还想再来试试?"

魔术师轻蔑地看着二十问侦探,说话的语气简直令人厌恶,气得文阳真想立刻冲上去给他一拳。

二十问侦探低着头站在桌子前,看着魔术师小声地说:

"今天咱们两个比猜牌怎么样?"

"咱们两个?"

"嗯,但不是在这儿,去没人的地方。"

"……我可不想去。"

围观的学生听了二十问侦探的建议,也纷纷大声嚷嚷着表示反对。

"我们为了看这个连足球都没踢呀!"

"我还想跟魔术师打赌呢,他走了怎么办?"

二十问侦探丝毫不理会周围同学的不满,他只是定定地看着魔术师,等着他的回答。周围抗议的学生也不敢真的上前与二十问侦探争辩。

魔术师双手交叉在胸前没有说话。二十问侦探无奈地从钱包里掏出两张五万元纸币放在桌子上。

“我们赌十万。要是你赢了的话,这十万归你,要是我赢的话,你给我四万就行了。”

二十问侦探说着看向文阳。文阳输掉的三万元加上二十问侦探昨天输掉的一万元,刚好一共四万。

魔术师看着那两张五万元的纸币,似乎有点儿动心了。他接受了二十问侦探的建议。

“那就只有你和我?”

“不行,那不就没有裁判了嘛!咱们就带上你们班的明奎和他旁边的文阳。”

“他可是在我这儿输过三万块的啊……”

“但是明奎没有输钱啊,我相信他会公平裁判的。”

魔术师同意了。四个人在一片不满声中走出了教室。几个想要偷偷跟在后面的学生,也被二十问侦探那凌厉的眼神吓住了,乖乖回到了教室。

二十问侦探走在最前面,魔术师跟在他后面几步远的地方,文阳和明奎走在魔术师后面。文阳边走边把昨晚和二十问侦探通话的内容告诉了明奎。

"二十问侦探该不会是打算把魔术师拉到没人的地方,用武力解决吧?"

文阳的话音刚落,明奎就捂着肚子笑了起来。

"哈哈,你担心二十问侦探会那样做啊?他要是那样的人,一开始我就不会带你去找他了。要是那样做,他就不叫侦探,而该改名叫'流氓'了。而且,你不是说昨天晚上他问过你什么吗?"

"那他为什么要带咱们几个去没人的地方啊?"

第九问

你能猜出这张牌上的数字吗?

"好了,就在这儿吧!"

二十问侦探选定的这个地方,是学校大楼后面的一个隐蔽空间,四面都被墙挡着。

文阳不明白:为什么今天的对决要选在这样一个偏僻的地方? 就连明奎也搞不懂。

看得出来,魔术师的心里也有一些不安,他不停地打量着四周。

"这里连张桌子都没有。"魔术师不满地说。

二十问侦探把堆在墙角的桌子和椅子搬过来放在他面前,又用自己的手绢擦了擦上面的灰尘。这时候魔术师才放下心来，知道二十问侦探并没有其他的意思。

魔术师坐在椅子上，从口袋里掏出牌，抽出写有数字的九张红桃牌，然后又抽出一张红桃A。魔术师轻轻地吐着气，似乎是在为自己缓解紧张的情绪。

接着，魔术师开始用娴熟的手法洗牌。二十问侦探双手交叉放在胸前，不动声色地看着他。

魔术师洗完牌，像往常一样把牌摊开成扇子状，推到二十问侦探面前。二十问侦探没有说话也没有动，只是看着那些牌。

"你快点儿选啊。"

魔术师的脸上充满自信，这会儿他一点儿都不紧张了。

"把牌都给我。"

"你说什么？"

听了二十问侦探的话，魔术师惊讶地叫出声来。旁边的文阳和明奎也不约而同地叫起来。

"我说让你把那十张牌都给我。"

"你在说什么呢？你该不会是怀疑我在牌上动了什么手脚吧？"

魔术师抗议道。

"不，我一开始就知道你没有在牌上动手脚。"

"那还要牌干什么？"

"这个问题你应该比我更清楚。"

说着，二十问侦探从魔术师手里夺过那些牌。文阳和明奎见状"啊"地一声叫起来。

"二十问侦探，你这是要干吗？"

明奎说完，文阳也跟着叫道：

"不能用暴力啊！你是侦探，应该用脑袋解决问题才对！"

面对两人紧张的喊叫，二十问侦探无语地笑了笑：

"哎哟，你们这两个人在想什么呢？我不是要对魔术师使用暴力，是要拆穿他的把戏！"

"拆穿把戏？"文阳问。

"是啊，不把牌夺过来就没法儿拆穿他的把戏。"

二十问侦探说着，一个人拿着牌走向墙角，开始背对着他们洗牌。因为手法不够娴熟，动作显得有点儿笨拙，有一张牌还从中间掉了出来。

"啊，没必要非得洗牌吧？"魔术师在他的身后说。

二十问侦探转过身回到三个人面前，他猛然伸出手臂，手里是一张牌，背面朝着魔术师。

"你能猜出这张牌上的数字吗？ 当然了，你肯定能猜出来，因为你会读心术。那你现在读读我的心吧，猜猜我在想什么。"

魔术师有点儿慌张，脸都变白了。

文阳本来认为，"人一紧张脸色就会苍白"这种说法是骗人的。人的脸怎么可能会突然变成白色的呢？但是现在，他亲眼看见，这绝不是什么编出来的。此时此刻，魔术师的脸就变得异常苍白，像是生了病的人，甚至像是个陶瓷做的人偶。

"快点儿猜啊！"

在二十问侦探的催促下，犹豫了好一会儿的魔术师终于无可奈何地开口说：

"4。"

二十问侦探迅速把牌翻过来，牌的正面瞬间展现在他们眼前。八只看着牌上数字的眼睛顿时瞪大了。

"6……是 6。是 6！"

魔术师的魔术第一次失败了。

你们知道扑克牌一共有多少张吗？

二十问侦探笑了，文阳高兴地在一旁蹦来蹦去，明奎也站在原地哈哈大笑。魔术师浑身虚脱了似的出了一口气，咧开嘴角无力地笑着，笑容却僵在脸上。他嘴角微微颤抖着，表情极不自然。这样的笑容，两天前文阳在输掉三万元的时候也曾露出过。

"我还是不明白。"文阳慢慢冷静了下来说。

明奎也跟着说：

"我也不明白。为什么魔术师忽然猜不出牌上的数字了呢？难道平时真的是有人在后面给他传信号？”

“不，应该不是那样。问题的关键应该在刚才二十问侦探抢过去的牌上。”文阳一边思考着，一边自言自语地说。

“回答正确！”

听了文阳的话，二十问侦探点头说。

“那夺牌和揭穿把戏有什么关系呢？是不是牌上真的有什么标记？”

文阳和明奎继续追问二十问侦探。

“别急，我把你们俩也一起带到这儿来，就是想告诉你们魔术师到底用了什么手段。”

“那为什么不直接在教室里说呢？那样所有人就都能知道了啊！被魔术师骗的人也不是一个两个。”

文阳偷偷地看着魔术师说。

“我要是在班里拆穿他，那些输了钱的同学都会追着他要钱的，我不想看到那样的场面。我讨厌那些经受不住金钱诱惑的人。他们和魔术师相比，也好不到哪里去。”

听二十问侦探这么说，文阳顿时露出了

一丝不安的表情。

"啊，多亏了文阳，咱们才能把这件事彻底搞清楚。从这一点上说来，文阳还是有功的。"

看来二十问侦探还是挺懂人情世故，他意识到了文阳的尴尬，就换了个口气安慰文阳。明奎更知道文阳的性格，也赶紧转换话题问：

"那到底是怎么回事呢？二十问侦探，快告诉我们吧。"

二十问侦探看了看面前的三个人，魔术师正沉着脸看着他。

"要问我是如何识破魔术师的把戏的，还得从昨天的事情说起。昨天晚上我叔叔来我家了。我叔叔是侦探，虽然他还很年轻，但已经是很了不起的侦探了，在侦探界也相当有名。当然了，我到了他那个年纪，肯定会比他更厉害。"

"哇！真的？"

"嗯！"

二十问侦探讲到自己的叔叔时,露出非常自豪的表情。

"昨天输给魔术师之后我有些郁闷。魔术师,你应该知道,那个时候我还根本不知道你用的是什么把戏。回家之后我想了很久都没有想出答案。刚好叔叔来我家送东西,我就问了他。本来没打算问他,可是因为文阳今天就要交补习费了……"

二十问侦探说着朝文阳望去。他发现文阳又恢复了开朗的表情。

"我是一个不大愿意向大人们寻求帮助的人,可这次时间太紧,实在是没有别的办法了。叔叔听完我的话笑着说:

'呵呵,他这种把戏只能骗你们这样的小孩子,如果换了大人,一眼就能看出来。你好好想想,扑克牌一共有几张? 还有,只有魔术师才能做到的事儿究竟是什么?'

叔叔就说了这么多。我知道,他是希望接下来的事儿由我自己来解决。"

"可是你叔叔的话到底是什么意思呢?

我怎么越听越糊涂了？"

明奎问。

"刚开始我也搞不懂。但昨天晚上和文阳通电话的时候，我突然想到了答案。"

"答案是什么？魔术师究竟是怎么骗人的？你快说啊。"

文阳说着愤怒地看着魔术师，魔术师也没好气地瞅了他一眼。

"你们知道扑克牌一共有多少张吗？"二十问侦探问。

"这个……大概有一百张？"文阳说。

"哪儿有这么多。"明奎反驳道，"不是一共四十张吗？"

二十问侦探望着魔术师，魔术师用不耐烦的口气说：

"去掉大王和小王，一共五十二张。两个笨蛋。"

"大王是什么？"文阳问明奎。

魔术师听了嘲笑似的说：

"你难道连《蝙蝠侠》那个电影都没有看

过吗？连那里面的小丑——'狂徒大王'都不知道？大王是纸牌上的脸谱。好好看看吧，这个就是大王！"

魔术师说着把一张牌扔到了文阳脚边，文阳捡起来一看，一个花花绿绿的小人儿正坐在月亮上，用望远镜朝前望着。文阳觉得以前好像在哪儿见过这个小人儿，一时想不起来。他觉得这张牌让人看着不怎么舒服，就把它扔回给了魔术师。

二十问侦探继续说：

"仔细一想就会发现，魔术师的做法很奇怪。因为从五十二张牌中，他每次都只抽出十张。如果他真的会读心术，就应该把五十二张牌全用上。那样的话不就显得他更了不起了吗，干吗每次都只拿十张呢？"

"是啊，这个问题我还真没想过，他为什么每次都只拿十张呢？"文阳问。

"这也正是我当时想不通的地方。不过也正是因为这一点，我才开始有了点儿头绪。魔术师如果真会读心术，他就不会在乎用几张牌,也没必要每次都只拿十张。这么说来,一定有什么原因使他只能拿十张牌。"

"竟然还有只有在牌少的时候才能玩儿的把戏?"明奎好奇地问道。

"有是有,就是——牌的数量越少,就越容易把它们背下来。"

"啊?背下来?!"明奎和文阳惊讶得一同叫出了声。

"嗯,一开始我也有点儿难以相信。"

"洗牌的时候怎么能把牌背下来呢?"文阳还是想不明白。

二十问侦探回答说:

"这一点我也不是很清楚,但是咱们都看到了,魔术师洗牌的手法很娴熟,这说明他之前已经练习很多次了。也许他练着练着,就掌握了这种能力。"

二十问侦探边说边看着魔术师,想要向他验证自己的话是否正确,可是魔术师避开了他的眼神。

"什么能力?"文阳完全被二十问侦探的

推理吸引了。

"那就是无论怎么洗牌,都知道哪张牌在哪个位置的能力。如果是五十二张牌一起用,他就猜不出了,只有把牌的数量限制在十张以内,这种能力才可以很好地发挥。所以他才每次都只抽十张牌。"

"这么说,你叔叔说的只有魔术师才能做到的事儿……"

听了文阳的话,二十问侦探点着头说:

"嗯,就是洗牌。你昨天晚上在电话里告诉我,魔术师每次都是自己洗牌。听了这话我才猛然间反应过来。我心想,会不会是他洗牌的时候,就在心里记下了牌的位置呢?要真是那样的话,选牌的时候你做得再怎么巧妙也是没有用的,因为他的把戏早在洗牌的时候就已经准备好了。"

明奎轻轻地摇着头说:

"这可真是让人难以相信。"

"所以我亲自验证了这个猜测。我把牌拿过来自己洗,魔术师就猜错了,这就说明我的推想是对的。"

"能把牌背下来，那也是很了不起的能力啊。你真的可以做到吗，魔术师？"

听到文阳的称赞，魔术师爱理不理地耸了耸肩，算是回答了。明奎又问二十问侦探：

"可是，二十问侦探，为什么你叔叔说'如果是大人，一眼就能看出魔术师的把戏'呢？"

"如果是大人，他们就不会只用十张牌，而是会把五十二张牌全都用上。因为只用十张的话，别人很容易起疑心。抽出十张牌中的任何一张，猜对的几率都是10%，这就降低了猜牌的难度。他还说，如果真的怀疑，就自己亲自洗牌，然后抽出一张，看他能不能猜对。大人们对纸牌的把戏比较了解，可是我们就不一样了。所以叔叔说，他的这种把戏只能骗我们这种十二岁的小学生……"

二十问侦探的话还没说完，文阳立刻插嘴说：

"等等！二十问侦探你也十二岁吗？"

"当然了，我也是五年级啊！"二十问侦

探不满地抗议道。

"我还以为你至少也比我们大一岁。"

"什么啊！我说了我十二岁！"

二十问侦探和文阳争辩的时候，魔术师和明奎静静地站在一边。过了一会儿，二十问侦探朝魔术师望去，好像在等着他跟大家解释点儿什么。

"这次是我输了。二十问侦探，你说的都对。我的梦想是长大以后能当一个魔术师，所以我每天都在家里练习洗牌。有一天我忽然发现，自己可以一边洗牌一边记住每一张牌的位置。我自己都没想到会这样。但是就像你说的，只有在牌少的时候我才可以记住，超过十张就记不住了。"

"即使是这样也很了不起啊！"文阳叫道。

"这没什么难的。在你们看来我好像是在随便洗牌，其实我每次用的都是相同的方法。所以记住每张牌的位置并没有想象中那么难。可是，二十问侦探，还是有你不知道的事儿。一开始我并没有想用这个赚钱，只是想在学校里炫耀一下。有一天我在班里洗牌，一个同学说，要是我真能猜对，他就给我一万块。从那以后来挑战的人越来越多，我也就停不下来了。"

"就算是这样，你和同学们打赌赚钱总是事实吧？还把教室弄得像个赌场。"

"是的，二十问侦探你说得对。开始我也是个讨厌打赌的人，可是一下子赚了这么多钱，我就控制不住自己了。想成为魔术师的话，以后还得上魔术师学校，还得买道具，肯定需要很多钱。我的爸爸妈妈又不同意我学魔术。所以我就决心用这种方法为自己攒钱。从同学们那里赚来的钱，我用来买了魔术道具，剩下的都存在存折里了。"

听了魔术师的这一番话，三个人倒有些同情他了。

"你们打算怎么处置我？罚钱吗？"

魔术师的声音低低的，像是已经彻底投降了。

"还我们四万块。我的一万，还有文阳的

三万。"

听了二十问侦探的话，魔术师吃了一惊：

"这样就行了吗？"

"嗯。"二十问侦探肯定地说。

"那其他同学的呢？"

"其他同学的你自己看着办吧。想还就还，不想还就算了。文阳拜托我帮他找回他的三万块，现在我该做的都做了。我既不是老师也不是警察，用不着管那么多。但是有一条：以后不要再这样做了。如果被我发现的话，我一定会站出来告诉所有的人，你是用什么把戏骗人的！"

"知道了，太谢谢了。"魔术师的表情终于轻松下来。他原以为二十问侦探会把这一切告诉所有人。

"不过，魔术本身还不错。我也长了点儿知识。以后这些花样只能用在魔术里，不能用来赌博，知道了吗？"二十问侦探像个大人似的说。

"当然，那……我们不是敌人了吧？"

"敌人？什么敌人不敌人的。还我们四万块就不是敌人了！"

二十问侦探那故作生硬的语气惹得剩下的三个人哈哈大笑起来。二十问侦探也被自己的话逗得"扑哧"一下笑出声来，接着他又放开嗓子大笑起来。四个人的笑声回荡在这个四面都是墙的空间里。

那天晚上，文阳终于可以光明正大地去汉字补习班了。

第十一问

到底是怎么回事？

.

　　第二天，二十问侦探迎来了一个轻松舒适的清晨。昨天在和魔术师的对决中他赢了，并且收获了明奎这样一个实力雄厚的情报员，连文阳也说，如果有什么事儿尽管叫他，他随时都会过来帮忙。现在的二十问侦探再也没什么可担心的，就等着接案子了。

　　二十问侦探一边慢慢地品尝着杯子中的饮料，一边朝学校走去。不知情的人也许会以为他正在喝咖啡，其实杯子里装的是薏米茶。就算再怎么喜欢模仿大人，他也非常清楚,小时候喝咖啡对健康没有好处。他肠胃不好,常常喝薏米茶。

走到校门口,杯中的薏米茶刚好喝完了,二十问侦探迈着轻快的脚步走向教室。他把空杯子扔进垃圾桶之后,径直走向教室后面的座位放下书包。

早上温暖的阳光和新鲜的空气真让人快乐啊!

二十问侦探再一次感叹着这美好的一天,然后把头趴在桌子上,准备在第一节课开始之前先眯上一觉。

可是他的这个清净美好的早晨,最终还是被两个气喘吁吁地冲进五年级六班的人给搅乱了。这两人正是文阳和明奎。二十问侦探抬起头看着他们,虽然觉得见到他们是件挺高兴的事儿,但又有点儿厌烦。也是,才准备休息一会儿,这两个昨天见了一整天的人一大早就又出现在了自己的眼前。

这两个人跑得上气不接下气,一时说不出话来。二十问侦探揉了揉眼睛,重新抬起头看着他们，一眼就看见了两人肩膀上的书包带。二十问侦探猛然睁大了眼睛——文阳和明奎连书包都来不及放下就跑到这里来了！这让他的脑海里闪过一丝不祥的预感。他定了定神，不露声色地问道：

"是你们啊，一大早就来找我，有什么事儿吗？"

这不算是二十问侦探提出的正式的问题，因为昨天的案子已经解决了。

"出……出大事儿了……二十问侦探！"

两个人的脸上写满了紧张和担心。二十问侦探看着他俩的脸，确定了自己的推测：果然是出事儿了。

"什么事儿？"

这也不是正式的问题。

"魔术师，魔术师他……"

"魔术师又开赌场了？"

正如刚才所说，这个也不是正式问题。把二十问侦探的案件比作天气预报的话，现在正是大晴天，什么案件都还没有发生。所以二十问侦探提出的与案件无关的任何问题，都只是普通问题而已。

"不是……"

"那究竟发生了什么事儿？"

这个当然也不是二十问侦探提出的正式问题，就不多解释了。

"魔术师，魔术师他……"文阳结结巴巴地说。

"你已经说了很多遍魔术师了……"

"听说魔术师昨天晚上没有回家，失踪了！"文阳终于把要说的话说清楚了。

刚才还很镇静的二十问侦探，突然间"腾"地一下站了起来，身后的椅子翻倒在地上。但是让这三个人，不，是让六班的所有同学都惊呆了的，是一个女生的尖叫声。

"啊！"

大家都顺着声音望了过去，发现班长多熙瞪大了眼睛在瑟瑟发抖，眼看就要跌坐在地上了，二十问侦探连忙上前扶住了她。

"到底是怎么回事？"

文阳心想，这个才是第十一个正式问题吧。看来二十问侦探和魔术师之间的案子还没有结束。

第十二问

你是不是见过魔术师?

二十问侦探觉察到了班长的异样,他正准备问个究竟,上课铃却不合时宜地响了起来。他只好回头对文阳和明奎说:

"你们中午再来。到时候我再向班长了解一下情况,虽然不知道她怎么了,但是肯定和魔术师有关。"

文阳和明奎答应着,各自回去上课了。对二十问侦探、文阳、明奎以及班长多熙来说,今天上午的时间显得格外漫长。

上课的时候,二十问侦探不住地朝多熙

望去,他在猜测到底发生了什么。可是在听多熙本人说明之前,什么都只是猜测。

中午,四个人慌慌忙忙地吃完午饭,就径直来到了昨天揭穿魔术师把戏的地方。因为教室里人多口杂,有些事情不方便当着大家的面讲。

"好了,现在可以说了,为什么听了魔术师的事儿你会吓成那样?"二十问侦探问多熙。

多熙没有立刻回答他的问题,她打量着四周说:

"这里好阴森啊,你们经常到这里来吗?"

"我们才认识没几天,以前没有一起来过这儿。"

"可是我怎么发现你们三个人经常在一起?"

"看来你现在已经不要紧了是吧?"

二十问侦探不耐烦地说。

"等等,二十问侦探,这个也是正式问题吗?"

文阳的话音刚落,二十问侦探就大声吼起来:

"当然不是啦！这个问题和案子一点儿关系都没有！"

听了他们的对话，多熙问：

"到现在,和魔术师有关的问题用了几个?"

"十一个。"

文阳代替二十问侦探回答了多熙的问题,接着又问她：

"你怎么也会知道魔术师的案子?"

"嗯,这件事在学校里已经传开了。听说是二十问侦探揭穿了魔术师的把戏。"

多熙说完看着二十问侦探,眼神也变得温柔起来,注意看的话好像还在对他眨着眼睛。文阳和明奎互相交换着眼神,偷偷地笑了。二十问侦探却丝毫不理会这些,脸上满是不耐烦和不安的表情。

"这件事儿怎么会传开呢? 知道这件事儿的只有我、文阳、二十问侦探,还有魔术师,只有我们四个知道!"明奎说。

"好像是魔术师自己说的。"

"他竟然自己说出去了?!"

二十问侦探惊讶地说。

"我要回教室了,你们要是有什么问题就赶紧问。"

多熙看起来比早上冷静多了,但是二十问侦探发现,多熙虽然表面装出没什么事儿的样子,暗地里正在跺着脚,巴不得赶紧离开这个地方。

"班长,昨天放学之后,**你是不是见过魔术师?**"

"这个你是怎么知道的?"

"等等,二十问侦探,这是第十二个问题吗?"文阳问。

"是第十二个问题。还有,多熙,我没必要跟你解释我是怎么知道的。他们说魔术师失踪的时候,你不是吓得都快坐到地上了吗?单凭这一点就能充分说明,你是目击者。"

"哎哟,对,你说得对。昨天放学回家的路上我是遇见了魔术师。"

"在哪儿?"文阳抢在二十问侦探之前问道,可能是希望不要浪费二十问侦探的问题吧。

"在书店旁边的自动取款机那里。"

"他在那儿做什么？"

这次是明奎问的。

"我经过的时候，他正拿着装钱的信封从取款机那边走过来，边走边从信封里掏出钱，然后一张一张地数着，一万元的纸币有好几十张呢，我看见那么多钱都吓了一跳。"

"他为什么要取那么多钱呢？该不会是想离家出走吧?！"

明奎回答文阳说："应该不是。离家出走的话，带一张卡就行了，没必要把钱取出来。"

"那是他偷了别人的钱吗？"文阳说。

二十问侦探摇摇头，说道：

"不对，应该是从自己的卡里取的钱。魔术师不是说他把赢的钱都存起来了吗……"

文阳像忽然想起什么似的说：

"啊！他该不会是想把钱还给输钱的人吧？"

二十问侦探点点头。

"应该是那样，所以他才会告诉别人自己的把戏被揭穿了。他应该是觉得反正自己会把钱还回去，提前让别人知道了也没关系。"

　　"这么看来，魔术师还是个不错的家伙呢。"文阳笑着说。

　　"文阳，别想那个了，还是赶快听听后来又发生了什么吧！"明奎催促着说。

第十三问

魔术师到底出了什么事儿?

"多熙!"

多熙听见二十问侦探这样叫她,惊讶得瞪大了眼睛。以前二十问侦探都是叫她"班长"的。

"魔术师到底出了什么事儿?"

多熙看着二十问侦探那副认真严肃的表情,只好接着往下说:

"一个年轻的叔叔看见魔术师手里拿着很多钱,就朝他走了过去。两人站在原地说了一会儿话,魔术师就从口袋里掏出银行卡

给他看，年轻叔叔看了看，还点了点头。当时我就觉得有点儿怪，就一直看着他们。然后，他俩就开始一起朝前走。因为我的家在同样的方向，我就跟在他们后面不远的地方。两个人边走边笑，看起来很亲密的样子。然后我就听见魔术师小声'啊'了一声。那个年轻叔叔赶忙用右手捂着魔术师的嘴，继续朝前走。我心想，应该不会有什么事儿吧，就准备朝家走。这时忽然看见年轻叔叔手里有什么东西亮了一下。当时天上的晚霞正红，那光亮就像是一面镜子在反射晚霞的光！"

二十问侦探默默地点着头。

"可是刚才听了二十问侦探的话，我的脑子里忽然闪过了一个奇怪的想法。那个年轻叔叔手里拿的会不会是……刀？"

"刀？！"文阳和明奎不约而同地大声叫道。

多熙赶忙又说：

"也有可能是我没有看清楚啦，我不确定是不是刀。会不会只是手上戴的手表发出来的光呢？我当时也这样想过。"

"也有可能是手表。人们通常都把手表戴在左手上,但也有人会戴在右手上。现在看来魔术师失踪的事儿就没那么简单了。重要的不是那个人手上是刀还是手表,而是他和魔术师的失踪有很大关系。"二十问侦探分析得头头是道。

二十问侦探看着多熙说:

"多熙,你赶快去教务室把昨天看到的事儿都告诉老师,然后和老师一起去警察局。"

"非得这样做吗?"

"嗯,之前我们不知道到底是怎么回事,所以不能报案,现在我们不是知道那个人和魔术师失踪有关了嘛。先去警察局报案,警察们会调出当时的监控录像,这样就可以找出那个人了。"

多熙看了看二十问侦探说:

"那你们几个打算怎么办?"

"我们……"

二十问侦探停下来看着文阳和明奎,从两个人的眼神里,他知道他们的想法和自己的是一致的。

"咱们也一起去找找魔术师吧,二十问侦探!"明奎好像在请战。

"那咱们就把多熙也带上吧,她能帮咱们认出那个人!"文阳显得有些兴奋。

多熙听了明奎和文阳的话,小声地问二十问侦探:

"其实我也想跟你们一起去,可以吗?"

"不行!"

二十问侦探果断地拒绝了,这句话让三个人都很失望。

二十问侦探带着大人似的严肃表情对他们说:

"找魔术师的事儿一定得交给警察局。凭我们几个的力量是很难办好这件事儿的,即使找到他,也不一定能把他救出来。我们的对手可是个拿着刀的大人! 去警察局报案才是最可行的办法。"

二十问侦探说完立刻抓起多熙的胳膊朝教务室的方向跑去。被丢在后面的两个人也

赶紧跟着跑了起来,但是二十问侦探却没有在教务室的门前停下来。多熙连忙叫他:

"喂,教务室在这儿!"

二十问侦探没理会,接着往前跑。

最后,四个人在离教务室很远的一间屋子前停了下来。除了二十问侦探之外的三个人看着门口挂的木牌子都瞪大了眼睛。

"这里不是……校长室吗?!"文阳抬头看着牌子惊讶地叫起来。

二十问侦探在明奎和多熙拉住他之前,径直走上前去敲响了门。里面刚传出"进来"的声音,二十问侦探就带着他们三个走了进去。

校长坐在桌前,他那硬硬的短发看起来就像铁丝一样。

校长的个子和二十问侦探差不多,身材却比他胖两倍,肚子圆圆的,像一口大缸。也许正是因为这样,他平时走路的时候才一摇一晃的。校长最引人注意的地方,是他那双炯炯有神的眼睛,好像能一下子看穿别人心里的想法。

校长看见二十问侦探后立刻站起身,走过来伸出手。二十问侦探和校长握了握手,神情泰然自若。

"二十问侦探,好久不见啊。最近好好上学了吗?我听说你都不怎么来学校哦……比起这个,'那件事'处理得怎么样了呢?"

二十问侦探朝校长露出了为难的表情,校长"啊"了一声,就没再往下说了。

奇怪,校长和二十问侦探之间好像有什么不可告人的秘密。校长这时才看着与二十问侦探一同前来的其他三个人说:

"今天带朋友来了啊!"

"不是,他们是情报员、委托人和目击者。"

"情报员……委托人……还有目击者?"

二十问侦探把昨天放学以后多熙看到的一切都告诉了校长。当二十问侦探说到"魔术师"的时候，校长的神情立刻变得严肃起来。

二十问侦探把事情的来龙去脉说了一遍，最后说：

"魔术师被绑架了……"

校长连忙打断二十问侦探的话。

"嗯……这件事还不能随便下结论……咱们先带多熙去教务室吧。我跟班主任说，让他带着多熙去警察局。"

多熙听到校长能如此流利地说出自己的名字不禁暗自惊讶。听说校长拿着全校学生的照片和花名册，逐个记下了学生的脸和名字，难道这是真的？

校长带着多熙快步朝教务室走去。他走路快起来的时候，多熙都觉不出他在摇晃了。二十问侦探赶紧追了上去，文阳和明奎也远远地跟在校长后面。

"你们在这儿等一会儿。"

二十问侦探对文阳和明奎说了一句，就

跟着校长和多熙进了教务室。

　　大约过了五分钟，二十问侦探从教务室走了出来，文阳和明奎正在门口等着他。

　　"咱们就这样回去了吗，二十问侦探？"明奎有点儿不甘心地问。

　　二十问侦探的表情显得有些神秘。

　　"当然不能。"

　　"那现在咱们该怎么办？"文阳问。

　　"咱们去确认一下。"

　　"确认什么？"文阳又问。

　　"确认魔术师是不是正处在危险中。"

　　"那……还上不上课？"

　　听了明奎的话，二十问侦探露出了为难的表情。要是他一个人，随时逃课都可以，可是带上文阳和明奎就不行了，于是三个人决定放学以后再见面。

　　放学以后，二十问侦探走在前面，两边跟着文阳和明奎，那架势看上去竟和真正的侦探没什么区别。

　　那么，走在中间的二十问侦探现在是什

么感觉呢?

　　可以这么形容:

　　此时此刻,二十问侦探的心跳得要比其他任何时候都快。

第十四问

里面有警察吗？

　　二十问侦探什么话都不说，只顾朝前走去。

　　"咱们这是去哪里啊？"文阳问他，他也不回答，只是一个劲儿地走路。

　　文阳这才发现，跟在个子很高的二十问侦探后面走，可不是件轻松的事儿。他怕追不上，干脆一路小跑起来。

　　"我们现在是去魔术师家吧？我知道他就住在这个小区。"明奎问。

　　"是，我还以为你不知道他住在哪儿，所以刚才在教务室专门问了老师。"

"我只知道他住在这个小区，不清楚具体是在几栋几层。"

文阳知道了他们要去哪里，感觉走起路来也不像刚才那样费力了。三个人一同快步朝魔术师的家里走去。

"可是我们为什么要去魔术师的家呢？"文阳又问。

"有件事情要搞清楚。"

二十问侦探只说了这一句就不再说话了，继续朝前走着。文阳和明奎也不再作声了，紧紧跟在他后面。三个人很快就到了魔术师家附近。

二十问侦探指着前面那栋高楼说，魔术师的家就在三楼。

"现在，魔术师的一个朋友要去找魔术师玩儿……"

"什么？魔术师不是不在家吗？"文阳不解地问。

二十问侦探向文阳解释说：

"我当然知道他不在家。现在我们需要

一个人装作魔术师的朋友,去看看他家里有没有警察叔叔。"

"然后呢?"

"然后咱们就能知道魔术师是不是陷入了危险,以此来制订咱们的下一步计划。"

"哦,原来是这样啊。那谁来假装他的朋友呢?"

文阳脸上的表情分明在说"不会是我吧"。

"我不能去。"二十问侦探连忙说。

明奎看着二十问侦探的衣服,立刻赞同地点点头:"对,二十问侦探不能去。"

"为什么啊?为什么二十问侦探不能去呢?"文阳无法理解。

"他穿的衣服会引起别人怀疑的。"

文阳看着二十问侦探的衣服,这才点了点头。

"那谁去呢?"明奎看着二十问侦探说。

"我觉得文阳去更合适。文阳长得小,显得可爱,应该不会引起别人的怀疑。"

"嗯,谁都不会怀疑文阳的,他一看就是

不会惹事的乖孩子。"

二十问侦探说完,明奎点头表示同意。

"我?我哪里看起来乖了?我可不是什么乖孩子。几天前我还跟别人打赌,结果输了三万块钱呢!"

二十问侦探和明奎都装作没听见。最终,文阳不得不无奈地站在魔术师家门口,摁响了门铃,忐忑不安地等待里面的人来开门。

门很快就打开了,一位阿姨走了出来,看样子应该是魔术师的妈妈。她看见文阳,脸上露出了一丝惊喜,但是那个表情随即又消失了——她把摁门铃的文阳错认为是魔术师了。

"你找谁?"

魔术师的妈妈问。她一脸疲惫,还有深深的黑眼圈,大概是没有睡好觉的缘故。

"我是魔术师的朋友,来找他玩儿,他在家吗?"文阳壮着胆子说。

这时,从屋子里面走出了一个三十岁左右的男人,文阳立刻就推测出他是警察。

警察边走出来边问：

"'魔术师'是谁？"

"是我儿子的外号。他平时都不让我们叫他名字，让叫他魔术师。"魔术师的妈妈说着，眼圈忽然有些湿润了。

文阳看着她心头一紧。可是在摁门铃之前，二十问侦探嘱咐的那些话，还在他的耳边回响。

"你必须装作什么都不知道。如果他们问你知不知道魔术师失踪了，你要回答不知道。否则，如果他们发现你已经知情还来找魔术师，很容易就会怀疑上你的。"

这时候文阳感到害怕了，他心想：如果露出什么破绽，警察会立刻把自己抓起来的。他在心里暗暗对自己说："不行不行，千万不能被发现。"也许是太紧张了，他忽然感觉想上厕所。几天前在和魔术师打赌的时候，他还以为自己的勇气都已经用完了，现在看来，他还剩下那么点儿勇气。魔术师的妈妈继续打量着神情紧张的文阳。文阳赶紧说：

"魔术师不在家吗？"

"嗯，他现在不在家。"

后面的警察叔叔说。他似乎想快点儿把文阳打发走。

"那……我可不可以用一下洗手间呢？我想上厕所……"

"可以，快进来吧。"

魔术师的妈妈爽快地答应了，警察叔叔也不好再说什么，就这样，文阳走进了魔术师的家。

客厅里还有几个大人。有一个坐在沙发上，和魔术师长得很像，应该是他的爸爸。旁边几个围在一起小声讨论着什么的人应该也是警察，他们中间还有穿着蓝色制服的人。文阳虽然不知道他们是干什么的，心想他们的工作应该和警察很相似。文阳怕引起那些人的注意，赶紧回过头。屋里的人对文阳的出现感到有些惊讶，但是并没有很在意，大概是已经听到了刚才在门口的对话。

文阳担心在屋内停留的时间过久会引起

他们的怀疑，就赶忙问："洗手间在哪里？"然后快速朝洗手间跑去。

进到洗手间文阳才稍稍松了口气，原以为在这里别人看不见自己的表情所以不要紧，但可能是因为之前太紧张了，等了好长时间才尿了出来。之后他深深地吸了一口气，缓解了一下紧张的心情，走了出来。

"阿姨，我走了，再见！"

"嗯，慢走。"

关上门后文阳都没等电梯，顺着楼梯就跑了下去。由于跑得太快，险些从楼梯上摔下来。

竟然欺骗了警察，这可是他以前想都没想过的事情。文阳觉得自己做了件了不起的事儿，可是想起刚才的情景仍然心有余悸。文阳感到耳边的风"嗖嗖"作响，心脏也"怦怦"直跳，好像要从胸膛里蹦出来一样。文阳从楼梯口出来，又马不停蹄地跑到二十问侦探和明奎等着他的地方。

见文阳跑过来了，二十问侦探赶忙问：

"里面有警察吗？"

"有！我确定有！"

文阳把在魔术师家里看到的一切都告诉了二十问侦探。

二十问侦探听完了文阳的话,拍着他的背表示称赞,这让文阳的心情好到了极点。

这时,明奎向二十问侦探问道:

"这么说,魔术师肯定是被绑架喽?"

"应该是的。警察在他家里,说明他们肯定是接到了威胁电话。"二十问侦探回答明奎说。

"我刚才看到了魔术师的妈妈,她好像哭过。"

文阳说完,三个人都沉默了。过了一会儿,二十问侦探催促道:

"时间已经十分紧迫了,魔术师现在很危险,说不定……"

"说不定什么?"文阳问。

"说不定他会死在绑匪手里。"

这句话刚出口,气氛瞬间就变得更沉重了。

又是二十问侦探打破了沉重的气氛:

"没时间了,现在咱们必须赶快去下一个地方。"

"去哪儿?"这次是明奎忍不住问道。

"魔术师被绑架的现场。书店旁边红色自动取款机的那条路!说不定那里会有什么线索。"

"这不是警察们该办的事儿吗?"文阳小声问。

"咱们也应该尽力去做一些力所能及的事儿。"

既然明奎这么说,文阳也就没话了。

明奎平时是个沉稳、随和的朋友,一般不会轻易做出决定。看来明奎是被二十问侦探给影响了,刚刚他说话的样子、口气什么的,就像是二十问侦探似的。

二十问侦探看着明奎,不经意露出了一丝满意的表情。

文阳又鼓起勇气说道:

"可是咱们都是小学生啊,光凭咱们的力量肯定不行。二十问侦探,给你叔叔打电话,让他帮咱们吧！"

"不行！每次遇见事情都找叔叔帮忙，算什么真正的侦探啊！我要凭自己的力量解决这个案件。"

"对啊，文阳，不要担心。我们现在还不是去抓绑架魔术师的犯人，只是去调查一下而已。"

"那倒也是……"文阳很不情愿地嘟囔着。

二十问侦探看了看手表说：

"来不及了，咱们得坐出租车去。"

"我，没钱……"文阳吞吞吐吐地说。

"我也没有……"明奎跟着文阳说。

"这你们不用担心，交给我。"

二十问侦探很熟练地伸手拦了辆出租车。

"他肯定不是第一次打车。"文阳跟明奎说。

明奎点了点头。

第十五问

大王?

　　三个人从出租车里下来,很快就找到了多熙说的红色自动取款机。可是事情并不像他们想的那样,这里没有魔术师留下的任何痕迹。文阳无论如何也想象不出,这样一个安静的地方怎么会发生绑架案?

　　"怎么办?什么都没有啊!"

　　"别着急,多熙说魔术师在这里遇见了那个男的,然后和他一起往前走了。那咱们就顺着他们走过的路看看吧。"

　　二十问侦探边说边观察着周围。这里是

一个交叉路口，除了一条大路还有五条小路。他也无法弄清魔术师是从哪条路走的。

明奎和文阳从魔术师家一路赶到这里已经很累了，在二十问侦探观察周围环境的时候，他们干脆坐到地上玩起了石子。二十问侦探无奈地看着这两个人，自己也坐到了地上，丝毫不在意裤子会不会粘上灰尘。

过了一会儿，他用两只手扶着额头，安静地想着什么。

"哎哟，我就知道你们会在这儿，你们这些笨蛋。"

二十问侦探抬起头来，发现多熙正在朝他们走来。

"你看到前面有个像多熙的人了吗？"二十问侦探转过头来问文阳。

"不是'像'多熙，那就是她啦。啊，对了！这也算一个问题吗？"

"不算，因为多熙和这件事没有关系……"

"为什么我和这件事没关系？"

多熙虽然对二十问侦探的话有点儿生气，

但嘴角却挂着微笑。

"你来这里干什么呀？"明奎代替二十问侦探问。

"我把昨天的事儿都告诉了警察叔叔，他们让我先回家，我就让老师把我送到这儿来了。现在已经放学了，我觉得你们肯定会在这附近。说不定警察叔叔现在也正在往这边赶呢！"

听到多熙这么说，二十问侦探一下子站了起来。

"那咱们得赶快离开这里了。"

"为什么？"多熙不解地问。

"如果警察发现咱们在这里找线索的话，会起疑心的。"

"可是咱们如果不在这里找线索，不就没法儿知道魔术师被带到哪儿去了吗？"

明奎说完，二十问侦探说：

"也不一定。反正这里什么证据都没有。昨天魔术师不是和那个男的一起走了嘛，如果他们不是坐车走的，路上说不定会留下什么痕迹。咱们去找找吧。"

"那我呢?"多熙问。

"你告诉我们魔术师往哪个方向走了,然后赶紧回家,这里太危险了。"二十问侦探果断地说,口气俨然是个大人。

"现在还不知道魔术师在哪儿,能有什么危险? 我也要跟着你们去。你要是不让我去的话,我就不告诉你们他们往哪个方向走了,我一句话都不说!"

听了这话,二十问侦探也拿她没办法了,只好答应她,让她加入侦查队伍。

多熙说出了绑架的那个人带着魔术师走的那条胡同,他们进去后才发现,里面竟然还有一个岔路口。

"咱们两人一组,分头去找,一组去左边,一组去右边。三十分钟后回到这里集合。"

"那我们去左边!"

二十问侦探话音刚落,文阳和明奎就赶紧朝左边去了,只剩下了多熙和二十问侦探。

二十问侦探大步走在前面,多熙小跑着

在后面跟着。多熙朝二十问侦探喊着：

"我在这里你是不是很不自在？"

"没有，一点儿也不。"

"那你怎么一句话也不说？"

"不知道该说什么。"

"真笨！"

多熙自言自语地说着，二十问侦探好像没听见她在说什么一样。

过了一会儿，二十问侦探对多熙说：

"像这种情况，被绑架的人被杀的概率会很高，你知道吗？"

"呀！你干吗说得这么吓人？"多熙露出了害怕的表情。

"你刚才还在嫌我一句话都不说呢。"二十问侦探又闭上嘴，不再说话了。

多熙问道："你刚才说的是真的吗？"

"嗯，有些绑架案中就出现了人质回不来的情况。"

"为什么？"

"因为人质已经看到了绑匪的脸。虽然

绑匪会对人质的家属说,只要给了钱就让人质平安回去,可是又担心人质已经记住了自己的长相,回去之后指认自己。所以很多绑匪都会在拿到赎金的当天把人质杀掉。"

听二十问侦探这么说,多熙更害怕了。

"太恐怖了。那……魔术师也……"

"不,现在还不能确定,因为也有人质平安返回的。我们没必要非往坏处想,当务之急是赶快找到魔术师,然后报告警察。"

这时,多熙的手机忽然响了起来。

"喂?"

"多熙,我是明奎,告诉二十问侦探,让他赶紧过来。这里有重大线索!"

"好,知道了!"

多熙刚挂了电话,二十问侦探就问她:

"你有手机?"

"像你这样整天模仿大人的人连手机都没有吗?明奎说发现了重要线索,咱们赶快过去吧!"

两人赶忙跑出了胡同。多熙才跑了几步

就气喘吁吁的了，二十问侦探干脆抓住她的手跑了起来。

"你……你抓我的手干吗？"

"没时间了，咱们现在可不是在玩侦探游戏！"

多熙看了一眼二十问侦探那一脸严肃的表情便不再说什么了，虽然手都被他握得生疼，也只能跟着他往前跑。两人跑了好一会儿，多熙再次给明奎打电话确认了位置，他们才终于看见了文阳和明奎。

"这里，这里！"

文阳看见两个人跑过来了,蹦起来朝他们招手。二十问侦探放开多熙的手,跑了过去。

地上散乱地堆着几张纸牌。有正面朝上的,也有背面朝上的。

"这些牌一定是魔术师的,是他打赌的时候用的牌!"

"魔术师打赌用的牌一共十张。"

二十问侦探说着就伸出手,要把背面朝上的牌翻过来。

"等一下,这个咱们可以随便摸吗? 说不定上面会有犯人的指纹呢!"

"文阳,你是不是警匪剧看多了?!"明奎说,可是马上又接了一句:"文阳说得好像也对,还是别摸的好。"

二十问侦探看到明奎左右为难的样子感到好笑,就对文阳说:

"我也知道不能随便摸。但是我想,这些牌除了魔术师,应该不会有人摸过,所以才打算把它们翻过来。既然你们这样说了……这样吧,文阳,把你的草稿纸给我一张。"

文阳赶忙从书包里掏出演算本，撕下一张草稿纸，递给了二十问侦探。只见他把纸仔细地折起来，折成夹子的形状，然后再用这些"纸夹子"把地上的牌一张张翻起来，一共十一张。这些牌全都被翻成了正面，上面有写着数字的，也有没写数字的。

"这是什么牌？"多熙看着没写数字的那张牌问。

"大王？"二十问侦探说。

在那张牌上，有一个小人儿坐在月亮上，手里拿着望远镜。

第十六问

魔术师会不会也看过这部电影呢?

"这些牌应该是魔术师故意留下来的吧?"

听了文阳的话,明奎一脸严肃地说:

"魔术师肯定是想给咱们留下什么暗示,才故意把这些牌掉在地上的。"

二十问侦探显然同意他们的观点,但是他不知道魔术师想用这张大王提示些什么。

"咱们别站在这里想了,还是先去吃点儿东西吧,我都饿了……"多熙刚说完,文阳立刻响应:

"其实我也饿了。"

"我也是。"明奎跟着说。

"可是你们不是说没有钱吗？那怎么吃饭……"

文阳、明奎还有多熙都不说话了，一起装出可怜相儿看着二十问侦探。二十问侦探只得投降了，说：

"好啦好啦，我来买吧！"

"好嘞！"明奎立刻高兴地建议说，"这附近有一家'蝙蝠侠汉堡店'，咱们去那儿吧。那里的东西味道还可以，而且很便宜，顾客又不是很多，还方便咱们说话。"

明奎不愧是消息通，对附近吃饭的地方都了如指掌，剩下的三个人二话不说跟着他就走。

果然如明奎所说，蝙蝠侠汉堡店是个不起眼的小店，店里面的装修也很平常，门外有一个刷着黑色油漆的蝙蝠模样的大汉堡，上面的漆一块一块地脱落了。一个大学生模样的人正坐在收银台前看店。

"这是瘦猴儿哥哥，每天他都在这里看店。"

瘦猴儿哥哥的脸形瘦削，颧骨突出，从挂在脸上的眼镜后面，透出了温和的眼神。

"是你啊！还带了朋友来。今天要点什么？"

瘦猴儿哥哥看见明奎，挥着长长的手臂朝他打招呼，看起来明奎是这里的常客。明奎也高高兴兴地和他打招呼，然后接过菜单。店里除了他们，还有两位客人。

四个人在角落里的一张桌子旁刚坐下，文阳、明奎、多熙就讨论起来：魔术师留下纸牌到底想暗示什么呢？可是他们所有的推理都太离谱，一直到几个人把汉堡包吃完了，又过了半个多小时，还是没得出什么合理的解释。

二十问侦探看着嘀嘀咕咕的三个人，一声不响地坐着。

"太想不通了，魔术师为什么要留下那些牌呢？"

听了文阳的牢骚，二十问侦探回答说：

"魔术师也是小学生，所以不可能会留下我们这些小学生看不懂的线索，我猜他的暗示一定是很简单的。"

"你也是小学生啊,还老装大人呢!"多熙假装嘲笑二十问侦探。

"我可是和普通小学生不一样的小学生。"

在二十问侦探和多熙争论不休的时候,文阳用手托着下巴看着窗外,自言自语地说:

"大王在《蝙蝠侠》那部电影里也出现过……"

"蝙蝠侠?"明奎问。

"嗯,不是有《蝙蝠侠》这部电影吗?"

"喂,那部电影我们不是不能看吗?老师说要等上了高中才可以看的。"

听到文阳不经意说出的话,明奎惊讶地反问道。

"以前我在家里的电视上看过一点儿,二十问侦探,你没看过吗?"

"我也看了,我还看过不少只有大人们才能看的电影呢。"

"什么?"

多熙吃惊地问,二十问侦探又赶忙辩解:

"不是,别想歪了,我是说那些抓捕犯人的推理电影。文阳,你刚才在说什么,再说一遍吧。"

"我是说,在电影《蝙蝠侠》里也出现过大王。"

二十问侦探听到这里忽然睁大了眼睛说:

"魔术师会不会也看过这部电影呢?"

明奎拍了一下手说:

"对啊,我记得魔术师以前总说自己是大王,还边走边扔牌,还奇怪地大笑。别人问他在干吗,他说比起蝙蝠侠来,他更喜欢那个恶棍小丑——大王……"

"这么说,他留下这张大王,就是想提示咱们注意《蝙蝠侠》里的'大王'?"文阳好像悟出了点儿什么。

"看你们这记性,我揭穿魔术师的把戏的时候,不是问过你们扑克牌一共有多少张吗?当时魔术师说,除了大小王一共五十二张,还嘲笑你们连电影《蝙蝠侠》里的大王都不知道……"二十问侦探提醒大家说。

"对！那时候魔术师是提过这部电影。"

明奎也想起来了。二十问侦探接着说：

"魔术师之所以留下这张牌做暗示，可能是因为他上次和咱们提到过。他相信咱们——不，是我——会记得这件事。"

"可是，《蝙蝠侠》那部电影里的大王……和魔术师被绑架有什么关系呢？"多熙歪着头问。

二十问侦探又陷入了沉思。

"《蝙蝠侠》里出现的狂徒大王……总是化着妆，然后扔纸牌攻击别人。啊！他还经常发疯似的大笑！"

"那么魔术师究竟想借此说明什么呢？"

文阳提出的问题，任何人都无法回答。

第十七问

魔术师到底想暗示什么呢?

　　四个人你一言我一语地讨论了半天,最终也没能猜出魔术师扔下大王这张纸牌的用意。如果魔术师想暗示的真是"大王"的话,那和这起绑架案又有什么关系呢?

　　在这样的沉闷气氛中,还能指望的也只有二十问侦探了,剩下的三个人都期待着他能说出些什么。

　　"在被绑架的情况下,**魔术师到底想暗示什么呢?** 听多熙的描述,绑匪应该是拿着刀在威胁他的。这种时候魔术师应该很难看到罪犯的脸,即使看到脸也没什么用。如果犯人是个大胡子,他就算在纸上写下犯人是大胡子,然后把纸扔在地上,咱们也不一定能找到他。而且这样只会刺激罪犯,使自己更加危险。可是魔术师却冒着危险留下了证据。"

"然后呢?"文阳问。

"魔术师留下的证据……"二十问侦探说。

"魔术师留下的证据怎么了?"文阳又问。

明奎想要制止接二连三发问的文阳,二十问侦探却用眼神告诉他"没关系",文阳只是一心想从二十问侦探那里得到答案。

"应该是在暗示自己被罪犯带到哪儿去了,魔术师留下证据的目的也只会是这一个。"

"那……罪犯是不是已经告诉了魔术师,他要把他带到哪儿去了呢?"多熙问。

二十问侦探称赞多熙提了一个好问题,他说:"罪犯肯定是觉得反正魔术师在他手里,没有办法把消息告诉别人,就索性把要带他去哪里提前告诉了他。这样会让魔术师更加害怕,乖乖地听他的话。"

"这么说，魔术师由此想到可以留下暗示告诉别人自己的去向，所以就撒下了那些纸牌。"

二十问侦探听了文阳的话，点点头说：

"嗯，能有这样的勇气真是了不起。仔细一想，魔术师当时也有可能看见了多熙。他知道多熙是我们班的班长，也知道当时发生的事儿肯定会传到我这里，所以才留下了暗示。犯人肯定不会想到，一个小学生把牌撒在地上，是为了给别人留下暗号。这么看来，魔术师也和我一样，不是一个普通的小学生啊！"二十问侦探显出一副老成的样子。

"可是现在，最重要的是要搞清魔术师被带到哪里去了。我们还没找到一点儿真正有价值的线索呢。"多熙闷闷不乐地说。

"也不是完全没有线索。现在咱们已经知道了他们是从自动取款机那里朝前走的，然后经过了扔牌的地方，我想咱们大概可以猜出他们最后是往哪个方向走的。咱们朝着那个方向走，观察周围有没有什么特别的地方，这样应该就可以找到魔术师了。"二十问侦探分析说。

对这附近的情况最了解的要数明奎了，可是明奎摇着头边回想边说：

"那前面好像没有什么特别的地方……"

他们心里仅有的那一点儿希望又被打破了。多熙可能是觉得嘴唇干燥，从书包里拿出润唇膏涂起嘴唇来。看着多熙的举动，文阳忽然"噌"地

一下从座位上站了起来。

"我好像知道他在哪儿了！"

这一声突然的喊叫，引得瘦猴儿哥哥和其他客人都用奇怪的眼神望了过来。文阳觉得有些不好意思，又重新坐下小声说：

"我好像知道他在哪儿了。"

这一刻，文阳感觉到大家的目光都集中到了自己身上，自己仿佛变成了明星。这感觉真刺激，他不由得整个胳膊都起了鸡皮疙瘩。

"在哪儿？"

"明奎，你还记得吗？"文阳问明奎。

"嗯？记得什么？"明奎问文阳。

"不久前我们为了买迷你战士，不是去了一个很远的文具店吗？因为这附近没有我想买的那款迷你战士。"

"嗯，是去过。当时科学文具店的叔叔住院了，就没有买来新的迷你战士放到店里。可是，这和魔术师有什么关系？"

"你记不记得咱们当时经过了一个奇怪的大楼？"

文阳刚说完，明奎就一下子蹦了起来。

"对！当时我们正在过十字路口，文阳看着前面的牌子问我：'那张奇怪的画是什么？'我就告诉他，那里原来是一个电影院，现在关门了，牌子上贴的是之前上演的最后一场电影的宣传海报。那是一张蝙蝠侠站在一座大楼前的海报，这张海报的旁边还有一张小海报，看起来很奇怪——上面画着两只大大的黑眼睛和一个红嘴唇，像只恐怖的蝙蝠。"明奎回忆得很仔细。

文阳接着明奎的话说：

"所以我就问明奎：'它的脸为什么这么奇怪？'明奎说一定是化妆了。"

"现在想想，那上面画的就是……大王脸谱！"明奎兴奋地说。

文阳这才想起来，那天魔术师把大王那张牌扔给他的时候，他就觉得在哪里看见过，原来就是在那家电影院门前见过。

多熙看着文阳和明奎，静静地说：

"你们的话我听明白了。可是魔术师怎

么知道电影院门前贴了什么东西呢？电影院与魔术师家处于完全相反的位置，而且那里几年前就已经关门了。我倒是去过市中心的电影院，可是这家一次都没去过。要想知道那里贴着蝙蝠侠海报，得来来回回经过几次才能发现呀！"

面对多熙的疑问，文阳和明奎答不上来了。

"这个也不难解释。"

二十问侦探说完这句话，转过脸看着文阳，问：

"你们去过的那个文具店叫什么？"

文阳把店名告诉了二十问侦探，二十问侦探借了多熙的手机，摁了几个键之后，不知给哪里拨通了电话。打完电话后，二十问侦探说：

"果然和我想的一样！"

"什么？"文阳问。

"你们去那个文具店不是为了买迷你战士嘛，魔术师也是为同样的理由去的。"

"魔术师也去那里买迷你战士？"文阳有

些吃惊。

"不是迷你战士,那里可以买到魔术师需要的东西。"

"什么东西?"文阳追问。

"玩魔术用的卡片。我刚打电话给那个文具店,他们说有一个长得像魔术师的孩子经常去买卡片。因为有一种特殊的卡片,只有他们店里才卖。魔术师去文具店买卡片,经常经过电影院,一定看见过那幅海报。这就是他对那里的一切都很熟悉的原因。"

"那咱们现在赶快去救魔术师吧!"明奎说。

听了明奎的话,二十问侦探点点头,立刻从座位上站了起来。这时候文阳又开始担心了,拉着他俩说:"只有咱们几个去行吗?要不咱们直接报案吧!"

"不行!咱们还没有确定魔术师是不是在那儿。就算咱们说'这是我们通过推理分析出来的',也不会有几个大人相信咱们的话。还是先去那里看看,确定之后再告诉警察,免得他们觉得咱们是在胡闹!"

“可是现在已经很晚了，太阳快要落山了，咱们……”多熙担心地说。

“那你先回家，我们三个人去电影院。”二十问侦探说。

“不，我也要去！”

文阳本来想，如果多熙回家，自己也跟着她一起回家。没想到多熙居然这么痛快地说要跟着去！这个时候如果自己说要回家，一定会被他们认为是胆小鬼的。

“快走，没时间了！”二十问侦探好像在命令大家。

四个人赶紧起身离开了蝙蝠侠汉堡店，慌忙中差点儿撞到了迎面走来的人。

瘦猴儿哥哥从一开始就在听他们几个谈话。等几个孩子离开了，他对进来的人交代了几句，就悄悄地跟在了他们的后面。瘦猴儿哥哥严肃的表情中透着担心。

第十八问

怎么办呢?

傍晚的天空被残留的几道晚霞染得微微发红,破旧的老电影院周围却显得格外昏暗。

"这里就是电影院?"二十问侦探问道,可没有听到有人回答。

四个人看着这栋和霞光形成鲜明对比的黑乎乎、阴森森的建筑,不禁起了鸡皮疙瘩。透过窗子望进去,里面的黑暗很容易使人联想到可怕的鬼魂。虽然现在是夏天,傍晚的风却含着阵阵凉气。除了穿着长袖衬衫的二十问侦探,其他三个人都不约而同地搓着胳膊。经过这里的行人很少，更为这里增加了阴森恐怖的气息。

"这里好黑啊！你们真的觉得他会在这里吗？我怎么觉得不会在这儿……"文阳看着周围，觉得更害怕了。

"在不在里面，只有进去了才能知道。"

二十问侦探冷静地说。其实他这是在故作镇定，面对眼前荒凉黑暗的老楼，他也感到害怕。可是他知道，其他三个人都在看着他，他不能表现出丝毫的退缩。

明奎用发抖的声音对他们说：

"可是咱们怎么进去呢？"

玻璃大门中间挂着粗粗的铁链锁，门上还挂着木牌，上面写着四个红色的大字——"禁止入内"。看上去，如果罪犯和魔术师真的在里面，他们也不可能是从大门进去的。

"应该不是这里，咱们去楼后面看看。"

就在二十问侦探要带着其他三个人绕过大门的时候，一位经过这里的阿姨看见了他们，停下来对他们说：

"你们在这儿干什么呢？"

"没……没干什么。"

四个人异口同声地回答。

"那里很危险，你们别在这附近玩儿了，赶紧回家去吧。"

"是，马上就走。"说完，四个人做出要离开的样子。阿姨边走边回头，想要确认他们是不是已经离开了。

"我想咱们还是去报警，这样是不是会好一点儿……"文阳再次建议去报警。

这次明奎和多熙好像也同意他的建议。天越来越黑了，天空的霞光也早已散去，在这个时候进入这个连灯都没有的黑黢黢的地方，确实让他们感到害怕。

"已经到了这一步了，不管你们进不进去，反正我是要去的。但是……"

二十问侦探接着说："我不想一个人去，想找一个人和我一起去。"

剩下的三个人你看看我，我看看你。

"要不用剪刀石头布来决定吧！"

"不，用不着。我跟你一起进去。"明奎鼓足勇气说。

"那我也进去。"多熙跟着说。

"那我也去吧。"文阳没办法了。

文阳想，比起跟着大家一起进去，一个人留在外面更害怕。如果丢下他们自己一个人回家，就不能知道最后的结果了，而那是他最关心的。

"那我们四个就一起去吧，不许有人后悔啊！"二十问侦探看着他们三个的眼睛说。

二十问侦探走在最前面，其余三人紧紧跟在他身后。他们围着大楼转了足足一圈，最后在楼后发现了一扇非常不起眼的小门，上面刷着蓝色的油漆。二十问侦探拉拉门，发现门锁着。他又抱着试一试的想法拉了拉旁边的窗户，也拉不开。

"二十问侦探，他们好像也不是从这里进去的啊！"文阳又开始说泄气话了。

"不，我认为，他们是进去以后再把门锁上的……快看这里！"

二十问侦探指着窗框惊讶地说。

"怎么了？"多熙看了一眼，觉得没什么特别的地方。

"窗户框的灰尘有被什么东西蹭掉的痕迹。肯定有人经过窗户进到里面了。"

"还真是啊！可是窗户不是锁着的吗？"多熙一边说着，一边使劲推了推窗户。

"他们是从窗户进去之后，又把窗户锁上了。"二十问侦探肯定地说。

"那现在怎么办呢？"站在后面的明奎走到前面说。

"咱们去看看其他窗户有没有开着的。"多熙提议。

听了多熙的话，四个人各自散开去找开着的窗户。可是能够得着的窗户全都锁着，还有些窗户位置太高了，没有办法确认是不是能打开。

"快来看这里！"二十问侦探喊道。

大家跑过去一看：一个位置稍高的窗户微微开着！二十问侦探伸直了胳膊勉强可以

把它打开。他打开窗子顾不上擦掉手上的灰尘就对其他人说：

"我从这里进去，然后给你们开门，你们在这儿等着。"

二十问侦探脱下穿在身上的白色衬衫，双臂一使劲就从窗户上翻了进去。剩下的三个人赶紧朝门口跑去。等了好一会儿，都不见他来开门。大家正在担心着，只听"咔嚓"一声，门轻轻地打开了。

"里面太黑了，所以花了点儿时间。多熙，借你的手机用一下。"他说。

二十问侦探接过多熙的手机，打开后赶紧用手轻轻地捂住屏幕发出的亮光。

"手机光线不能太强。"二十问侦探一边说，一边像猫一样轻轻地迈出步子。

楼里太黑了，根本看不清前面的路。四个人排成一列，后面的人扶着前面人的肩膀慢慢地走着。他们能看见的也只有拿着手机的二十问侦探。

经过了一段窄窄的走廊，他们来到一个

开阔的空间。二十问侦探在确定没有其他人后，借着手机屏幕发出的光看了看周围。这里比想象的要干净很多。一边是售票厅，另一边是小卖店。室内竖着的大柱子周围堆着椅子。二十问侦探拿着手机绕了一圈，忽然在通往二楼的楼梯口处停了下来。

"怎么了？"跟过来的明奎小声问道。

"那边的地上有几张牌！"二十问侦探也学着明奎小声地回答道。

他说得没错，这次是好几种牌堆在一起。不用说，那一定也是魔术师的。看来这些牌又是他故意丢在地上的。

"魔术师就在里面！"

大家都这样认为，却没有一个人说出来。罪犯说不定随时

都会出现，一想到这里他们就觉得脊背发凉。

四个人按照纸牌的指示上了二楼。二楼曾经是电影放映厅，楼梯口处有一个狭窄的等候室，前面是一扇厚重的门。幸好门并没有完全锁住，他们可以钻过门缝进去。如果把门完全打开，说不定他们会被里面的罪犯发现。

二十问侦探刚从门缝钻进去，就紧张地回过头来叫其他几个人。看见平时淡定的二十问侦探此时竟显得有点儿慌张，其他三个人都吓了一跳。文阳刚进去一半，就已经做好了随时逃走的准备。

明奎吓得往后退了一步，不小心踩到了地上的玻璃，玻璃发出了清脆的碎裂声。四个人立刻像石像一样僵住了，身体瑟瑟地抖着。幸好没人发现，也没人朝他们走过来。

这时四个人掀开门前的帘子朝里望去，眼前的景象使他们异口同声地轻轻发出"啊"的一声，然后紧张地小声喊道：

"魔术师！"

他们在一排座位的尽头看见了魔术师。魔术师疲惫地靠在墙角，手和脚被绳子紧紧地绑着。旁边一个移动电视的屏幕发出的光照在魔术师身上，那台电视只显示着画面，没发出任何声音。

二十问侦探确定魔术师的身边没有别人后，小心地跑下台阶。电影院的地板上铺着柔软的地毯，几乎听不到他的脚步声。

"魔术师！"

听见喊声，魔术师猛然睁开眼睛，脸上露出又惊又喜的表情。

"快跟我出去！我帮你把绳子解开！"

"不行！绑匪去打电话了，一会儿就会回来的！"

"没事儿，我们快点儿出去就行了！"

二十问侦探话音刚落，刚才留在外面的文阳、明奎和多熙就一个一个地跑了进来。

"二十问侦探，不好了，有人来了！"

听了这话，所有的人都吓得不知所措。如果不是眼疾手快的二十问侦探把他们拉到座位后的隐蔽地方,也许他们都要被罪犯看见了。

"你一个人在那儿嘟囔什么呢?!"一个男人走过来问魔术师。

四个人趴在离魔术师不远的椅子后面,清清楚楚地听到了那个男人的声音。他们看不见他的脸,但是光听声音就觉得很恐怖。

"我是在自言自语,太害怕了……"

魔术师回答的声音都是颤抖的。那颤抖的声音传到二十问侦探耳边,他不由得握紧了拳头。

"你用不着害怕,你的父母已经答应拿钱来赎你了,等他们拿来钱,我立刻把你放了。"

"叔叔。"魔术师叫道。

"怎么了? 都说会放了你的,还烦什么烦!"罪犯发火了。

"我去一下厕所可以吗?"

"哎哟,烦死了,这里没有桶吗?"

罪犯朝四周看了看,想找一只桶却没找到,就嘟嘟囔囔地站起身来。二十问侦探猜出魔术师的意图,他是想让他们四个趁着罪犯带他上厕所的时间赶紧逃走。可是在这种情况下,发出一点儿声音都是很危险的,所以他根本无法把魔术师的意思告诉其他人。

二十问侦探感觉到文阳、明奎和多熙已经害怕到了极点,他们的身体哆嗦个不停。他担心即使把魔术师的意图告诉他们,也不能确保大家可以顺利地撤离。

"怎么办呢?"二十问侦探在心里暗暗地问自己。

他把这个问题当作第十八个问题。

第十九问

我看起来像是没事儿的样子吗？

终于传来了罪犯带着魔术师走动的声音，这就是说他们去上厕所了。二十问侦探小声对其他三个人说：

"机会来了，快逃！"

听了二十问侦探的话，三个人赶忙站起身往外走，多熙被什么东西绊了一下，险些摔倒，她"啊"地一声叫了出来。二十问侦探连忙说：

"快带着多熙出去！出去后立刻报警！"

二十问侦探说着跑出了他们的队伍。文

阳和明奎扶着多熙朝门外跑去。

"二十问侦探为了能让咱们出去,一个人去引开罪犯了!"明奎边跑边说。

"我知道,所以我们绝不可以被那个家伙抓住!"文阳抹着眼泪说。

带着魔术师去上厕所的罪犯听见了多熙的叫声,"哗"地一下转过身来。

"你听见什么声音了吗?"他问。

"没有啊,我什么都没听到。"魔术师赶忙回答,想把这一切掩盖过去。

罪犯赶紧跑回刚才魔术师被绑的地方,看见了一个猫着腰站着的小孩儿。是二十问侦探挡在了罪犯的面前,使得他没能看见正在逃跑的文阳、明奎还有多熙。

二十问侦探和罪犯对视的时候,文阳、明奎和多熙推开厚重的门飞快地跑到一层,接着顺利地跑出了这座楼。

"你是谁呀?"

"二……二十问侦探!"

"二十问……什么?"

二十问侦探没有回答他的问题,而是从口袋里掏出了一把瑞士军用小弯刀。这把刀他天天带在身上,以便应付一些紧急情况。他原本想用这把刀割开魔术师身上的绳子,没想到现在却要用它来对付一个大活人了。

"就用这一次,为了保护自己,我也没别的办法。"从口袋里掏出刀的时候,二十问侦探这么想着。

罪犯看着二十问侦探,咧着嘴笑了笑,然后顺手捡起地上的一根木棍。光看那根木棍的长度,二十问侦探就知道自己已经处于不利的境地了。

"小家伙,不要拿着刀瞎折腾!"

罪犯说着快速朝二十问侦探跑过来,二十问侦探躲闪不及,被木棍打到了左手臂,左手拿着的刀远远地飞了出去。

"啊!"

二十问侦探的胳膊疼得像被锥子刺到一样。他失去重心,跌坐在地上。罪犯看着二十问侦探,冷笑着朝他走了过来。二十问侦探扶着受伤的胳膊想要站起来，罪犯抡起的木棍又打在了他的腿上。他用刚才受伤的那只胳膊扶着地，再一次跌坐在地上。

"再挨几下也许你就能打起精神来了，你已经回不了家了。"

二十问侦探有些后悔了。他自认为自己是个不错的侦探，现在看来还差得远，还逞英雄帮朋友对付罪犯，没想到自己的下场这么惨。好在朋友们都脱离了危险，事情就这样结束了吧。他这样想着，觉得自己的眼泪都要流出来了。二十问侦探看着拿着木棒朝他走来的罪犯，痛苦地闭上了眼睛。

这时候被绳子绑着手的魔术师忽然从后面跳了起来，用身体狠狠地撞击罪犯的双腿。魔术师在罪犯威胁二十问侦探的时候，悄悄地跳到了他身后。罪犯失去重心，"哐"地一声摔在地上。

"快跑，二十问侦探！"魔术师向二十问侦探大叫。

"不好意思，我跑不动了。"二十问侦探勉

强笑了起来,可是那笑容很不自然。

　　魔术师在自己的把戏被揭穿时也露出过这样的笑容。不过在这间黑暗的屋子里,魔术师并没看到二十问侦探的表情。

　　罪犯重新站起来,在黑暗中摸索着木棍。胳膊疼痛难忍的二十问侦探躺在地上,被绑着的魔术师不知道自己还能做什么,他们陷入了绝望。

　　正在这时,远远地传来一道亮光。因为在黑暗中待得太久了,二十问侦探觉得这道

亮光格外刺眼。与此同时，一个人的影子快速地向这边移过来。二十问侦探注意到，来的人个子很高，不是刚才逃跑的那几个同学。这个人的手上也拿着木棍一样的东西。

突然，那个高个子在黑暗中朝罪犯发起了攻击。罪犯也举起了木棍，却被快速跑过来的高个子准确无误地击中了头部。接着，罪犯头上和身上又挨了好几下，手中的木棍也被打掉了。

在木棍又一次落下之前，罪犯赶紧跪下了，举着双手求饶。看到他这副狼狈相，二十问侦探和魔术师不禁笑了起来。

"不许动！再动还打你的头！"令他们吃惊的是，这竟是瘦猴儿哥哥的声音。

"你们没事儿吧？"瘦猴儿哥哥关心地问。

"胳膊受了点儿伤，没事儿。"看到瘦猴儿哥哥，二十问侦探兴奋得已经忘了疼。

"今天你们来店里的时候没什么客人，我不经意间听见了你们说要来救魔术师的事儿！我担心你们会出危险，就趁着换班的时间跟着你们来了。路上我想起来应该回家一趟，准备一个家伙，所以就来得迟了些。"

瘦猴儿哥哥看着他们，傻傻地笑着。

"二十问侦探，你没事儿吧？帮我把绳子解开吧。"魔术师说。

"我看起来像是没事儿的样子吗？胳膊都断了。"二十问侦探躺在地上说。

魔术师像虫子一样慢慢地"蠕动"到他面前。

"不管怎样，谢谢你来救我！"

"算了，还说那些干什么。好疼啊，赶紧送我去医院！"

这时，外面传来了警笛的声音。

第二十问

你知道组装迷你战士的核心是什么吗?

之后发生的事儿虽然有点儿琐碎,但还是有必要交代一下。

不用说,文阳肯定被妈妈狠狠训了一顿,还被警告说,以后再也不许玩迷你战士了。可是他没有因为妈妈的训斥而伤心,反而还有点儿高兴。

明奎不但没有挨骂,相反,因为这件事儿,很多人把自己的案子交给了二十问侦探,明奎这个"消息通"也就变得更忙了。

班长多熙被班主任叫进办公室,听了半

天的训斥,她说这还是自己长这么大第一次被训斥这么长时间呢。虽然也因此消沉了一段时间,但天生的"乐天派"很快就恢复了好心情!

二十问侦探胳膊上打着石膏、缠着绷带,他的事迹已经传遍了整个学校,他成了学生们心目中的英雄。从这以后,二十问侦探的虚荣心像热气球一样膨胀,整个人都差不多要飘上天了,那份傲慢劲儿更是像一条大河一样哗哗地奔涌。不过经过这次的事件,相信他对"侦探"这一职业有了更新的、更深的看法。

魔术师把被罪犯抢走的钱都还给了输钱的同学们。看着魔术师能平安无事地回到学校,大家都开心地接受了他的道歉。

罪犯被警察带走了。他坦白说,那天自己是因为还不上债,看见魔术师手里拿着很多钱,以为他是有钱人家的孩子,于是起了绑架的念头。把魔术师带到电影院去,是因为他之前在里面工作过,对那里很熟悉。后来听警察们说,散落的纸牌是抓住他的决定性线索,罪犯连连跺脚,懊恼不已。

蝙蝠侠汉堡店因为瘦猴儿哥哥而变得非常有名了,店长还专门给他发了很多奖金。二十问侦探、文阳、明奎、多熙和瘦猴儿哥哥都得到了警察局颁发的"勇敢市民奖"。文阳本打算把全部奖金都拿去买迷你战士的,遗憾的是奖金全都被妈妈没收了。

"妈妈,您怎么可以这样?"文阳不高兴地说。

"妈妈用你的名字把这些钱全都存起来,以后会还给你的。"

文阳生气地走进自己的房间,发现自己的桌子上放着黄金盔甲版的迷你战士,不禁高兴地蹦了起来。

第二天早晨,文阳在去学校的路上遇见了二十问侦探。虽然他看到的只是背影,但还是一眼就认出来了。

"二十问侦探!"他喊。

二十问侦探转过头,本想习惯性地举左手打招呼,但看着左手上的绷带,便举起了右手。

"胳膊好些了吗？"文阳关心地问。

"还疼，但是对侦探来说，这点儿小伤算什么呀，没事儿！"二十问侦探酷酷地回答道。听了他的话，文阳微微一笑，和他一起朝学校走去。

"对了，妈妈终于给我买黄金盔甲版的迷你战士了。"

"好啊，要是早点儿给你买，也许就不会发生这么多事儿了。"

"是啊！可是二十问侦探，听明奎说你昨天又去校长室了？"

二十问侦探觉得有点儿意外，但是并没有拒绝回答。

"嗯，也没什么事儿。校长和我妈妈……和我妈妈的关系很好，我是去向他问好的。"

文阳猜出二十问侦探肯定是在说谎，但是他决定不再追问下去了。以后还有很多时间和二十问侦探在一起，说不定他会亲口告诉大家的。

"仔细想想，这次事件都是因为你和魔术

师打赌才引起的。"二十问侦探说。

文阳知道二十问侦探是想故意转移话题，也就附和着他说：

"是啊，可也多亏了这件事儿，我才能和你认识，得到你的帮助，还发现自己变得比以前更勇敢了。"

听了文阳的话，二十问侦探露出了灿烂的笑容。

"对了！你知道组装迷你战士的核心是什么吗？ 就是把连接黄金铠甲的附件处理好。这虽然看起来很容易，可是内部有很多小细节需要注意。还有就是胳膊很容易掉，弄不好的话……"

二十问侦探说着用缠着绷带的左手比画起来。文阳静静地听着他的话，猛然间抬起头来问：

"嗯？二十问侦探，原来你也在玩儿这个啊！"

二十问侦探没有回答，他撇下文阳，快步朝前跑去。文阳哈哈笑着，赶紧追了上去。

作者感言

　　我从小就喜欢故事。如果让我选书，我一定会选故事书。没有比听到新故事更能使我开心的事了。慢慢地，我就萌生了想要自己写故事的想法。我心里一直装着这个梦，直到十五年后的一天，我忽然接到一个电话，说我的作品被选上了。

　　刚开始写这个故事的时候，我以为自己很难实现作家梦。本想写一个富有哲理性的故事，却丝毫没有头绪。郁闷了一段时间，忽然来了灵感，我觉得可以写一个"只用二十个问题就能侦破一切案件的小学生侦探"的故事。碰巧，几天之后我又收到了"第一届故事王大赛"的征文信息。

写作的过程中，由于意外丢失了重要的资料，我就全凭着自己的想法继续往下写。我的目标是：写出的作品水准要不低于自己小时候爱读的故事。但是我不想通过自己的故事对孩子们进行说教，因为我并不认为自己是具有这种资格的成年人。

接下来我要表达我的感谢，如果有读者不愿阅读这一部分，现在就合上书也是不错的选择。

首先我要感谢让我实现心愿的上帝，还要感谢给我强大支持的父母和两个弟弟，以及这本书的第一个读者——给予我尖锐批评的，我的女朋友知幸。正是由于她的建议，多熙才从一个不起眼的角色变成了二十问侦探的好朋友。

感谢举办"故事王大赛"的飞龙沼出版社的朴常熙代表，是他们用这种新颖的方式征文，我才有了这样的机会。也要感谢出版社的其他相关的工作人员，他们都为这本书付出了很多努力。还有比我更认真地读完这部作品并给予宝贵修改意见的韩奎洙编辑，我也要郑重地感谢他。

最后，始终怀着欣赏的眼光阅读这部拙作的各位审订委员，以及100名儿童文学评委：谢谢你们。

许教范

2013 年 7 月

评审过程公示

叮咚——快递员叔叔送来的箱子！
箱子里面装着委托书和团体衬衫,还有原稿！
我终于也当上评委啦！
现在要认真公正地评审了。

委托书到了！我和
朋友一起被选上了,
太不可思议了！

唉,再读一遍
吧……

只能从这里面选一本?
真让我为难啊……